DIX NOUVELLES.

I.

DIX NOUVELLES,

Par Madame Is. de Montolieu.

Pour servir de suite à ses *Douze Nouvelles*,
et à son Recueil de *Contes*.

~~~~~~~~~~~~~~~~~~~~~~~~~~~~~~~~~~~~

TOME PREMIER.

~~~~~~~~~~~~~~~~~~~~~~~~~~~~~~~~~~~~

£ 2 3 7

A PARIS,

Chez J. J. Paschoud, Libraire, rue Mazarine
N.° 22.

ET A GENEVE,

Chez le même, Imprimeur-Libraire.

~~~~~~~~

1815.

DIX NOUVELLES.

PREMIÈRE NOUVELLE.

LE SERIN

DE

JEAN-JACQUES ROUSSEAU.

ANECDOTE INÉDITE.

MA patrie est celle de Jean-Jacques Rousseau. Je fus long-tems enthousiaste de son génie et de ses ouvrages.

J'étois très-jeune lorsque je perdis une mère chérie qui me servait de guide : je restai seule avec mon

Tome I. 1

père, qui, trop occupé de ses affaires,
ne pouvait diriger ni surveiller mes
lectures. Les œuvres de Jean-Jacques
faisaient le fonds d'une petite biblio-
thèque à ma disposition. Dès que j'eus
commencé à les lire, toute autre lecture me devint insipide; et je crois
que j'y ai plus gagné que perdu. J'ai
lu, il est vrai, bien jeune encore,
un roman qu'il dit lui-même être
dangereux, mais du moins je n'en
ai pas lu d'autres : et dans celui-là
j'ai trouvé bien plus d'encourage-
ment à la vertu qu'au vice. Si j'ai
bien compris la phrase tant citée de
sa préface, c'est en général la lecture
des romans qu'il interdit aux jeunes
filles, plutôt que celle de son Héloïse
en particulier. Quoi qu'il en soit, je
puis affirmer que la lecture répétée
de la nouvelle Héloïse et d'Emile,

loin d'avoir eu du danger pour moi,
m'a toujours fait désirer plus vivement de devenir et meilleure, et plu
vertueuse. Je lui dois peut-être auss
d'avoir évité tous les dangers de mon
âge dans une ville où les jeunes gens
des deux sexes ont de fréquentes
occasions de se rencontrer. Combien
tous les hommes me paraissaient au-
dessous de cet auteur sublime dont
je cherchais en vain le modèle dans
les lieux de sa naissance ! Et lorsque
je venais de lire ses écrits, comme
tout ce que j'entendais me paraissait
d'une fadeur insupportable ! La magie
de son style , ce charme inconnu
qu'on ne peut définir ni imiter, qui
donne à sa prose l'effet d'une mu-
sique délicieuse , m'enchantait au
point que je ne pouvais supposer
aucun défaut à l'être qui exprimait

ses pensées avec tant de sensibilité
et d'énergie. Je lui trouvais tous les
caractères de l'idéal de la perfection.
J'aurais voulu pouvoir vivre avec lui,
être sa sœur, son amie, sa compagne,
le soigner dans ses maux, le consoler
de ses peines, lui consacrer toute mon
existence; j'en étais sans cesse occupée. Cette passion pour un homme
que je ne connaissais que par ses
écrits, était sans doute une folie;
mais si, comme j'en suis persuadée,
je lui dois de m'avoir garantie d'autres
passions et d'autres folies, puis-je en
vouloir à celui qui me l'inspirait?
Elle remplissait entièrement mon jeune cœur (ou plutôt ma très-jeune tête),
lorsque Jean-Jacques mourut à Ermenonville, et très-certainement il
ne fut regretté de personne plus
sincèrement que de sa jeune amie

inconnue, dont jamais il ne s'était douté. Cent fois j'avais voulu lui écrire, lui apprendre mon admiration, mon enthousiasme ; mais la timidité de mon âge, une juste défiance de moi-même et de mon style, plus que tout encore, la crainte de perdre cette chère illusion qui me faisait imaginer qu'il m'aurait aimée s'il eût su combien je l'aimais, m'avaient arrêtée. Il n'était plus tems ; et cela même augmentait mes regrets. Il me semblait que mon attachement aurait pu embellir et prolonger son existence. J'aurais voulu du moins rendre un hommage à sa mémoire ; je l'essayai, et ne fus contente d'aucun de mes essais, soit que je manquasse de talens, ou que je sentisse trop pour exprimer à mon gré mes sentimens.

J'avais un oncle très-aimable, assez bon poëte de société, qui m'avait paru partager mon enthousiasme pour notre compatriote. Lorsqu'il me voyait rougir et m'animer en parlant de lui, il riait et me disait en me frappant sur l'épaule : Bonne Pauline; tu es digne d'être l'amie de Jean-Jacques! « C'était, à mon gré, le plus beau des éloges, il me rendait bien fière de moi-même. Ce fut à lui que je m'adressai en le conjurant d'employer tout son cœur et tout son esprit à faire une épitaphe pour mon cher Jean-Jacques. J'y penserai, me dit-il, et dès le lendemain il m'en apporta une qui me mit en fureur, que je déchirai et jetai au feu, mais que ma bonne mémoire retint malgré moi. Je ne la crois pas connue. Mon oncle avait le double

mérite de rimer avec esprit et facilité
et de n'attacher ni prétention, ni im-
portance à ses productions. Mes vers
n'ont point de lendemain, nous disait-
il souvent, en nous récitant ceux qu'il
venait de faire. Cependant plusieurs
de ces poésies auraient mérité de lui
survivre ; mais c'était si peu son opinion qu'on n'a trouvé dans ses papiers
après sa mort ni brouillon, ni copie
d'aucune de ses compositions. C'est
un trait si rare chez les poëtes que
je me plais à le citer, ainsi que l'épitaphe qui avait si fort excité ma colère,
et que je trouve à présent moins
mauvaise :

Ci-gît Rousseau ! en lui tout fut contraste ;
Il aima les humains, mais ce fut pour les fuir ;
Modeste avec orgueil, il fut pauvre avec faste,
    Ne sut pas vivre et sut mourir.

Eh quoi, mon oncle ! dis-je avec

indignation , n'aviez-vous donc que cela à dire? — Rien autre chose, ma nièce. — Ah Dieu ! pas autre chose!... et sa sensibilité profonde!... et cette ardente humanité!.... et ce génie si supérieur!..... et cette ame si sublime !...... et sa magique éloquence !...... et sa passion pour la vérité!..... et cette occupation touchante du bonheur des enfans !.... et tout ce qui le distingue, qui le met si fort au-dessus de tous les écrivains,.... de tous les mortels!.... Mon oncle, votre épitaphe me paraît une cruelle satire.... je me suis bien trompée..... je croyais que vous partagiez mon admiration... que vous étiez son ami dévoué...—Son admirateur, je le suis sans aucun doute; son ami... le ciel m'en préserve ! Pauline, un jour tu reviendras de ton erreur; tu verras que l'être à peu près divin que tu viens de peindre, n'était souvent qu'un mortel bien faible et bien orgueilleux. — Mon oncle ! — Tu es bien courroucée ; eh bien ! venge-toi sur mon épitaphe, je te l'abandonne. Au reste, nous allons avoir, sous le titre de CONFESSIONS, les mémoires de cet homme célèbre. *L'Apôtre de la vérité* (comme tu le nommes) n'en aura pas imposé ; et nous saurons à quoi nous en tenir sur son compte. En attendant, calme ton imagination, de peur qu'elle ne t'égare comme la sienne qui fit son malheur, et celui de tous ceux qui l'ont aimé.

Les confessions parurent, en effet, quelques mois après, et le voile tomba. Voilà ton ami Jean-Jacques, me dit mon oncle en me les apportant : je conviens avec toi qu'il est véridique ;

★

mais il prouve que s'il y a de la vertu
à ne pas mentir, il y en a aussi à ne
pas tout dire. ·

Je lus et j'en revins à peu près à
l'opinion de mon oncle. Je dois avouer
cependant que dans plus d'une page
de cet inconcevable ouvrage, je retrouvai toute mon admiration et tous
mes regrets, que ce fut même celui
qui m'attacha et m'attendrit le plus;
mais en même tems j'eus à rougir
plus d'une fois de mon adoration in-
sensée qui s'évanouit par degrés, et
se changea en tendre compassion sur
ses erreurs dont la source fut une
sensibilité exaltée. Rousseau fut toujours pour moi le premier des écrivains, mais non plus le premier des
hommes. Les années amenèrent enfin
l'âge de la raison. Je lus d'autres
bons ouvrages, je relus les siens,

et fus entièrement convaincue que Rousseau était en effet un composé des plus étonnans contrastes.

Des affaires m'appelèrent, en 1800, de Genève à Paris. Je visitai tous les monumens de la capitale; et celui qui, après le Louvre, me parut mériter le plus d'admiration générale, fut ce superbe édifice que l'on nommait alors le Panthéon. Dans l'église souterraine, on me fit remarquer parmi d'autres tombeaux celui de J. J. Rousseau : à cette vue, à ce nom, je me rappelai mon ancienne passion, et j'en retrouvai même dans mon cœur quelque étincelle. Ce bras armé d'un flambeau qui sortait de la tombe entr'ouverte, me parut être la sublime image de l'immortalité et du feu de son génie. Je me retraçai tour-à-tour et ses plus belles pensées,

et ses sophismes, et sa grandeur, et
sa foiblesse, et ses torts, et ses malheurs, et l'épitaphe de mon oncle.
J'étais absorbée dans ces souvenirs,
lorsque j'aperçus, sous le pli du bras
qui tient le flambeau, une petite
boîte ficelée. Dans ce moment mes
amis se rapprochèrent, et avec eux
celui qui nous montrait l'édifice. Je
me hâtai de lui demander, en la lui
montrant, ce que c'était que cette
petite boîte. Il parut surpris, et
m'assura qu'il ignorait quand et comment elle avait été déposée là. Il
fallait, en effet, toute l'attention que
j'avois mise à examiner le monument
pour la découvrir; et la poussière
qui la couvrait indiquait qu'elle était
là depuis quelque tems. Le concierge
la prit et me la donna; on lisait écrit
sur le couvercle de la boîte, d'une

petite écriture de femme : *Jean-Jacques m'aimait.* Notre curiosité, très-excitée, fut bientôt satisfaite : le concierge reprit la boîte, coupa la ficelle, l'ouvrit, et nous présenta un très-joli serin de Canarie, très-proprement empaillé, et couché sur un lit de coton. Le gardien leva les épaules en souriant de pitié, et ne fit nulle difficulté de me céder ce qu'il appelait ma *trouvaille.* J'étais redevenue bien jeune auprès du monument de Rousseau, car j'emportai la petite boîte et la petite bête avec un vrai plaisir d'enfant ; et de crainte qu'on ne m'en séparât, je me hâtai de cacher mon trésor et de m'en aller l'admirer chez moi. Je sortis avec précaution le petit oiseau de sa niche, je lissais son joli plumage jaune, je soufflais dessus pour le relever, je perchais ensuite l'oiseau sur mon doigt; on l'aurait cru vivant, deux jais noirs remplaçaient ses yeux à s'y tromper. L'absence totale d'air l'avait sans doute conservé si bien qu'il paraissait prêt à chanter. Ah ! combien j'aurais désiré qu'il pût parler et me dire à quel titre il avait appartenu à Jean-Jacques, et qui s'était donné le soin de le placer sur son tombeau ! Je ne pouvais me rappeler aucune page de ses œuvres où il fût question d'un oiseau. Cependant je me promis de relire ses Confessions, que je n'avais pas voulu rouvrir depuis que leur lecture m'avait *désenchantée*. En attendant, j'eus la fantaisie de placer le serin sur un buste de son maître que j'avais sur ma cheminée : je me levai dans cette intention ; la boîte tombe, je la re-

lève : le coton s'était dérangé, et ce
dérangement me fait apercevoir un
petit papier fin écrit de la même main
que le dessus de la boîte. Il y avait
pour adresse : *A ceux qui trouveront
mon serin.* C'était indubitablement
à moi. Je lus et j'appris ainsi l'histoire de mon oiseau, que je vais copier
sans rien changer au récit naïf de son
historienne. Heureuse et simple Rosine ! combien autrefois j'aurais envié
ton sort ! Tu fus pour Jean-Jacques ce
que j'ai tant désiré d'être, son élève,
son amie...et sans doute tu le méritais
mieux que moi, puisque tes sentimens
et ta vénération n'ont point varié.

*Copie de l'écrit trouvé au fond de
la boîte.*

« C'est demain que le monument

qu'on élève au Panthéon, à mon
vieil ami, sera terminé. Je ne veux
plus perdre un seul jour; j'irai, comme
il me l'a demandé, déposer notre serin
sur son tombeau. Hélas! depuis long-
tems, tous deux ont cessé de vivre,
et je n'ai pu remplir encore ma promesse; mais j'ai tout préparé; son
Carino (1) bien empaillé, repose
dans une petite boîte, et j'espère
pouvoir trouver un moment pour le
réunir à son bon maître, quoiqu'il
soit allé mourir si loin de la pauvre
Rosine. Ah! ils étaient déjà réunis
dans ma pensée!....Qui que vous
soyez, qui déplacerez Carino, ne
méprisez pas ce petit oiseau! Il fut
tendrement aimé de Jean-Jacques et

---

(1) Mot italien qui équivaut à ceux - ci
cher-petit.

de sa Rosine. Je vais, en peu de mots, faire son histoire; je la mettrai au fond de la petite boîte; vous la lirez; elle vous intéressera, et vous remettrez Carino sur le tombeau de son ami.

» Je me nomme Rosine. Mon père, dont j'étais l'unique enfant, vivait à la Chaux-de-Fonds, dans la principauté de Neufchâtel. Il était habile horloger-mécanicien, et l'associé du fameux Jacques Droz, avec qui il composa ces figures organisées qu'ils appelaient des automates, qui furent admirées de toute l'Europe, et qui ont fait les plaisirs de mon enfance. J'étais cependant un peu jalouse du *petit dessinateur* et de la *petite musicienne*. Ils étaient si obéissans, si dociles, si attentifs à leur ouvrage, qu'on me les présentait sans cesse

pour modèles. « Vois, Rosine, me
disait mon père, comme ils sont plus
sages que toi ; je n'ai d'autre souci
que de les monter, et ils travaillent
sans la moindre distraction, tandis
que ton nez est toujours en l'air,
aussi sont-ils beaucoup plus habiles
que toi. — Mais papa, disais-je, ils
font toujours les mêmes choses. —
J'en conviens, mais ils les font bien;
et toi tu barbouilles tout ce que tu
fais. » Je les vis donc partir sans
peine. J'aimais beaucoup mieux un
charmant petit serin de Canarie que
mon père avait organisé pour moi,
auquel on ne me comparait point et
qui faisait tout mon bonheur. Il sifflait
à merveille trois jolis airs l'un après
l'autre; il tournait la tête, et pendant
un quart d'heure il sautait d'un bâton
à l'autre dans sa jolie cage, de l'air

du monde le plus naturel. Je l'aimais
à la folie; et lorsqu'après la mort de
mon bon père, ma mère vint s'établir
à Mottier-Travers, chez une sœur
qui y était établie, je n'eus garde
d'oublier mon gentil automate que
je nommais *Bibi*. Ma tante, chez qui
nous logeâmes, était veuve aussi et
n'avait qu'un fils plus âgé que moi de
cinq ou six ans, et que j'aimais beaucoup. Lorsqu'il venait chez mon
père, il avait mille complaisances
pour sa petite cousine. J'avais souvent entendu nos mamans former le
projet de nous marier ensemble, et
j'en étais bien aise, car personne ne
me plaisait plus que mon cousin
Armand; mais il n'en était pas question encore. J'étais dans ma onzième
année, et mon cousin qui en avait
dix-sept, était élevé à Paris, chez un

parent de son père qui l'avait demandé.
Je fus fort triste de ne pas le trouver
chez lui, il ne fallut pas moins que
les caresses de ma bonne tante, dont
j'étais l'enfant gâté, et la gentillesse
de l'oiseau automate, pour me consoler. Je le montais vingt fois par jour
sans me lasser jamais de l'éternelle
répétition des trois airs qu'il sifflait. Il
est vrai qu'ils étaient charmans et nouveaux. C'était trois airs du Devin du
Village : *J'ai perdu mon servi-
teur*, etc.; *Si des galans de la ville*,
et le charmant vaudeville de la fin :
C'est un enfant, c'est un enfant.
On m'en avait appris les paroles; je
les chantais avec une voix juste et
fraîche ; le serin m'accompagnait en
balançant sa petite tête à droite et
à gauche, et nous formions ainsi de
petits concerts, peu variés, il est vrai,

mais qui n'enchantaient pas moins
mes bonnes parentes et moi-même.

« J'appris enfin à connoître d'autres
plaisirs que celui de chanter avec un
automate. Nous occupions, avec ma
tante, un des corps de logis de la
maison. Il y en avait un autre séparé
par un petit jardin et qui n'était pas
habité. Un vieux Monsieur de Neufchâtel vint proposer à ma tante de
louer ce pavillon, qui était très-petit,
à un de ses amis. C'était, lui dit-il,
un homme sur le retour, maladif,
bon, doux, tranquille, n'ayant avec
lui qu'une gouvernante qui le soignait
et faisait son ménage. Ma tante accepta, et son locataire ne tarda pas
à arriver. C'était J. J. Rousseau. On
en parlait très-diversement ; les uns
comme d'une divinité, les autres
comme d'un méchant homme. Ma

tante prenait son parti parce qu'il
logeait chez elle, et ma mère parce
qu'elle avait lu un roman de lui qui
lui avait fait plaisir. Pour moi, petite
fille, je n'en pensais ni bien, ni mal;
mais sa physionomie me plaisait et son
costume m'amusait. Il portait une
longue robe garnie de fourrure, rattachée au milieu du corps par une
large ceinture, et sur sa tête un bonnet
fourré, aussi en forme de turban. Il
ressemblait ainsi à un automate turc
que j'avais vu chez mon père, qui
frappait de la timbale. Tout le monde,
à Mottier, l'appelait l'*Arménien Jean-
Jacques*; moi, je le nommais toujours l'*Automate Jean-Jacques*. Je
me mettais à la fenêtre dès que je
le voyais sortir de chez lui. Il se
promenait tout seul avec une grande
boîte de fer-blanc sous un bras, et

un livre sous l'autre. Quelquefois je
me trouvais sur son passage, et je
lui faisais une grande révérence qu'il
me rendait par un sourire de bienveillance et quelques mots caressans,
car il aimait les enfans et savait s'en
faire aimer. Ma tante, qui l'avait
reçu à son arrivée, et qui voyait
souvent Mlle Thérèse Levasseur, sa
gouvernante, disait qu'il était le meilleur des hommes, simple lui-même
comme un enfant, mais sauvage et
singulier dans sa manière de vivre.
Il herborisait dans la matinée, faisait
des lacets sur un coussin dans la soirée,
et dans ses momens perdus il s'occupait d'un serin de Canarie qu'il avait
apporté avec lui, et qui était sa seule
société. Cet oiseau qui nous rapprocha l'un de l'autre, est le pauvre
Carino renfermé dans cette boîte.

« Les fenêtres de mon cabinet
étaient vis-à-vis de celles de notre
voisin. Son oiseau avait la liberté de
voler dans la chambre, mais non pas
celle d'en sortir. Attiré par le chant
du mien, et profitant d'un moment
où l'on ouvrit la fenêtre, il s'échappa,
traversa rapidement le jardin et se
plaça sur la cage de Bibi que je venais de monter, et qui débitait ses
trois airs. Qu'on juge de mon enchan-
tement en voyant arriver ce second
oiseau ; il commença aussi à chanter
après avoir écouté un moment ; mais
ce n'était pas des airs, c'étoit une
mélodie bruyante et variée, toute
nouvelle pour moi, et qui me parut
délicieuse. Il tournait aussi sa tête en
chantant, mais avec beaucoup plus
de grâce que Bibi, et d'un air bien
plus intelligent. Je lui tendis le

doigt, il s'y plaça, puis sur mon
épaule, puis sur ma tête, tandis
que Bibi ayant fini son chant sautait
régulièrement d'un bâton sur un
autre, toujours à la même place,
jusqu'à ce qu'il s'arrêtât tout-à-fait;
le nouveau venu retourna sur sa cage,
puis sur mon doigt. Je le trouvais
charmant, et je l'approchais de mes
lèvres, lorsqu'un coup de sifflet et
le nom de Carino, répété plusieurs
fois, le firent partir à tire d'aile. Il
se posa encore sur un arbre du jardin,
puis rejoignit son maître que je voyais
à la fenêtre l'appeler sans relâche.
Quand il l'eut repris, il me fit un
signe qui exprimait le plaisir de le
revoir et une félicitation sur la sagesse
du mien qui ne sortait pas. Un moment après, je vis notre voisin tra-

verser le jardin, et entrer chez nous.
Bientôt on m'appela, je le trouvai
assis entre ma mère et ma tante. —
Je viens vous remercier, ma belle
enfant, me dit-il avec bonté, de
l'accueil que vous avez fait à mon
oiseau; je vous dois des excuses du
mauvais exemple qu'il donne au vôtre,
mais vous l'avez mieux élevé; il se
trouve bien auprès de vous; il ne vous
quittera pas. — Oh! non monsieur,
dis-je en riant, il ne s'envolera pas,
j'en suis bien sûre... Je voudrais bien
qu'il pût s'envoler. — Pour avoir le
plaisir de le voir revenir, sans doute?
Voulez-vous me le montrer? Il siffle
à merveille, à ce qu'il m'a paru, des
airs.... que je siffle aussi quelquefois.
Je courus le chercher, et son immo-
bilité parfaite lui eut bientôt appris

ce que c'était, car le ressort avait fini son jeu. — Quoi! c'est un automate! s'écria-t-il avec surprise : de ma fenêtre j'y ai été complétement trompé, et je l'ai cru plein de vie. Il le prit, l'examina. Je lui racontai que c'était l'ouvrage de mon bon papa que j'avais tant regretté; je lui montrai comment on le montait, et dès qu'il le fut il recommença ses petits mouvemens, ses petites cadences, et puis les trois airs les uns après les autres, qu'il n'était pas question d'arrêter. Mon cœur battait de plaisir, car je voyais visiblement que l'*Automate Jean - Jacques* en avait beaucoup à entendre l'automate Bibi; j'en attribuais la gloire à ce dernier, et j'en prenais bien une petite portion pour sa maîtresse,

ignorant alors qu'un auteur a toujours
du plaisir à entendre ou voir ses ouvrages, et que j'avais devant moi
celui des jolis airs tant répétés. Ses
yeux assez petits, mais noirs et pleins
de feu, avaient une expression d'orgueil et de joie ; elle augmenta encore, lorsque ma tante m'ordonna de
chanter les paroles. J'obéis promp-
tement, car j'en mourais d'envie. Je
crois le voir encore, ce bon Jean-
Jacques, m'écoutant avec délices,
battant la mesure sur ma main qu'il
avait pris dans les siennes ; et répétant
d'une voix douce, juste, mais un peu
cassée : *C'est un enfant, c'est un
enfant ;* et un aimable enfant, ajouta-
t-il quand l'air fut fini, en pressant de
ses lèvres la main qu'il avait gardée
dans les siennes. Il voulut savoir com-

ment je m'appelais. Rosine, Monsieur.

— Ce nom vous va fort bien ; et vous,
savez-vous comment je m'appelle ? —
Je baissai les yeux en souriant sans
répondre. Ma mère trouva très-plai-
sant de lui dire que je l'avais baptisé
du nom d'automate à cause de son
vêtement , et il en rit beaucoup.
« Elle a plus raison que vous ne
» pensez , lui dit-il ; plût au ciel que
» je n'eusse été qu'un automate, ou
» que je pusse le devenir ! C'est à
» cela que j'aspire : d'ailleurs c'est
» un moyen de plaire à Rosine ; elle
» aimait tant son serin ! » Il avait
raison de parler au passé ; car , sans
savoir pourquoi, il me semblait que
j'aimais déjà moins Bibi. Il était dé-
monté. Je lui trouvais l'air si imbécille
avec son bec entr'ouvert et sa figure

immobile ! Je le remis dans sa cage
pour l'emporter. « Bien obligé, bonne
» Rosine, me dit notre aimable voisin;
» je sais bon gré à votre gentil auto-
» mate ; sans le savoir, il vous occu-
» pait de moi, il vous a appris très-
» bien des airs que j'aime à entendre;
» mais je crains cependant qu'à la fin
» ils ne vous ennuyent. » Oh non !
monsieur, jamais ! ils sont si jolis !
Il parut attendri. Douce petite, me
dit-il , puisses-tu conserver cette
précieuse innocence, et ne t'ennuyer
jamais de ce qui t'a plu une fois !
Veux-tu m'aimer, Rosine, comme
tu aimais ton bon papa? Les larmes
me vinrent aux yeux au nom de mon
père, et je répondis en secouant la
tête : Je veux bien vous aimer, monsieur, et je vous aime déjà ; mais

comme mon papa.... Oh non ! je ne
le pourrais pas ; je sens que je n'aimerai jamais personne autant que
j'aimais mon papa.— Excellente fille !
Eh bien ! aime-moi donc comme *un*
ami. Appelle - moi *ton vieux bon*
ami. Tu le veux bien , n'est-ce pas ?
Il mit un accent si tendre dans ces
derniers mots , que je me jetai dans
ses bras. De ce moment je fus sa
Rosine , sa bonne fille , et lui *mon*
bon vieux ami. Daignez me confier
votre enfant , dit-il à ma mère. Je
me suis souvent occupé d'éducation,
et j'ose vous assurer , en toute confiance, qu'elle s'en trouvera bien. Ma
mère le remercia avec attendrisse-
ment , et lui dit qu'elle s'en reposait
entièrement sur lui. Te voilà donc ,
ma fille , mon élève, *ma Sophie ,* me

dit-il en me serrant dans ses bras;
je voudrais que tu te fusses appelée
Sophie, mais le nom de Rosine te va
si bien, il m'intéressera aussi. Après
quelques momens d'entretien sur ce
que je savais, ou plutôt sur ce que je
ne savais pas, car je n'avais guère
appris qu'à soigner mon serin, il me
proposa d'aller rendre à Carino la
visite qu'il m'avait faite. Il n'a que
le chant de la nature, dit-il, mais il
le varie sans cesse, et le redouble
quand je lui réponds, comme pour
me répondre à son tour. Tu sentiras
la différence d'un automate à un être
vivant et sensible. De plus, mon cher
Carino me donne le plaisir de le rendre
heureux.

» Ce qui trouble le plaisir d'avoir
des oiseaux dans sa chambre, dit ma

mère, c'est l'obligation où l'on est de les tenir en captivité. »

» Vous avez raison, madame; ce fut pendant long-tems ce qui m'empêcha d'en avoir. Le premier des biens est la liberté. Pénétré de cette idée, j'avois le mauvais goût de préférer un chat à cause du goût de son espèce pour l'indépendance; mais je finis par trouver que les chats ressemblent trop aux hommes. Ils ont comme eux la liberté du coup de griffe, et ils s'en servent trop souvent. Une amie bien chère me donna Carino, et dès ce moment les chats perdirent leur crédit chez moi. Je frémis à l'idée que si l'un d'eux apercevait mon pauvre oiseau il le traiterait aussi mal qu'on a traité son pauvre maître, et qu'il serait aussi déchiré à belles dents.

★

D'ailleurs Carino n'est esclave que de son amitié pour moi; sa cage n'est jamais fermée; il ne m'a quitté encore que pour visiter Rosine, et je l'en aime davantage; viens, ma fille, je veux que tu fasses plus ample connaissance avec lui.

» Nous sortîmes ensemble nous tenant par la main, et j'étais déjà tout-à-fait familiarisée avec lui. En traversant le jardin, il me nomma plusieurs plantes dont j'ignorais les noms, et me promit de m'apprendre à les connaître toutes. En entrant dans sa chambre il me présenta à Mlle Thérèse, qui était occupée à la ranger. C'est ma fille, dit-il, et je veux qu'elle ait ses entrées libres chez moi. Je courus d'abord à la cage de Carino. Elle étoit ouverte. Mon vieux ami l'appela en lui présentant un petit morceau de sucre qu'il vînt becqueter; il voltigea ensuite tour-à-tour sur nos têtes, sur nos épaules. J'eus le plaisir (inconnu avec le mien) de lui faire manger des grains entre mes lèvres ; il nous régala ensuite de son joli chant. Il volait dans tous les coins de la chambre avec un air si content! je le suivais des yeux avec transport; et je sentis que l'insipide Bibi avait grand besoin d'être un don de mon père, et de chanter les airs de mon vieux ami, pour m'intéresser encore.

» Depuis ce jour je devins l'élève de Jean-Jacques. Il tînt tout ce qu'il avait promis à ma mère, en m'apprenant ce qu'il savoit de bien, et me laissant l'ignorance du mal. Par ses

soins je devins une passable musicienne ; j'appris les noms de toutes les
plantes usuelles, et assez de botanique
pour les classer moi-même ; j'appris
de l'histoire et de la géographie ce
qu'il en fallait pour comprendre les
gazettes que je lisais à ma tante. Je
lisais avec lui quelques morceaux
choisis des meilleurs auteurs français,
quelques tragédies de Racine, Télé-
maque en entier, peu d'ouvrages
modernes, et des siens seulement
quelques pages d'Emile, qui me
firent comprendre pourquoi il me
nommait quelquefois *sa Sophie*.
Ce nom réveillait en lui mille souvenirs doux et pénibles. Il le prononçait
souvent en caressant Carino. Il me
dit que celle qui le lui avoit donné,
portoit ce nom qu'il ne prononçait ja-

mais sans émotion. Ce fut dans un de
ces momens qu'il me dit les larmes
aux yeux : Bonne Rosine ! si tu m'aimes
encore quand je ne serai plus, porte
Carino sur ma tombe lorsque sa vie
aussi sera terminée ; tu le placeras sur
la pierre qui couvrira ton vieux ami,
ce sera peut-être le seul être qui m'aura
toujours aimé. Ce fut mon tour de
pleurer. Tais-toi, lui dis-je en portant
ma main sur sa bouche, tu dis qu'il
ne faut pas mentir, et à présent tu ne
dis pas la vérité ; tu sais bien que je
t'aime, que je t'aimerai toute ma vie.
» *Toute sa vie*, répéta-t-il en
souriant, puis il me donna un baiser
sur le front en renouvellant sa prière
de placer Carino sur sa tombe. Je le
lui promis. Hélas ! il ne prévoyait pas
alors qu'il irait mourir si loin de moi,

et que bientôt nous serions séparés à
jamais. Il voulait, disait-il sans-cesse,
se fixer à Mottier pour le reste de sa
vie; il voulait voir sa Rosine femme,
mère et nourrice : quand il me disait
cela, je riais et je pensais à mon
cousin Armand, qui manquait seul à
mon bonheur. Il revint, et son arrivée
occasionna mes premières décou-
vertes sur le caractère défiant et om-
brageux de mon vieux ami. Je lui avais
vu souvent des momens d'humeur,
ou plutôt de tristesse; mais ils étoient
ordinairement causé par quelque
propos de Mlle Thérèse; et une caresse de Rosine, ou le chant du serin,
la dissipait bientôt.

» Armand arriva sans être attendu;
nous étions à souper. On comprend
notre joie; c'était à qui lui prodigue-

rait plus de caresses. Il était cependant devenu un grand beau monsieur de très-bonne façon, qui aurait dû m'intimider; mais pour moi c'était toujours mon Armand. Il ne pouvait non plus en croire ses yeux en retrouvant sa petite Rosine avec le maintien de grande fille, de l'aisance, de la grâce, et un accent très-pur ! car mon vieux ami, qui attachait beaucoup de prix à ces avantages chez une femme, ne me passait aucun mauvais terme, aucune inflexion aigre ou fausse, aucune mauvaise contenance; il me faisait tenir droite sans roideur; il ramenait mes bras en avant pour qu'en marchant ou sautant je n'eusse pas, disait-il, l'air d'une sauterelle : j'avais donc, grâce à ses leçons, une très-*bonne tenue*. A chaque surprise

de mon cousin, à chaque éloge, je
me hâtais de répondre : c'est mon
vieux ami. Mais combien son étonnement augmenta lorsque je lui nom-
mai ce vieux ami! il courait hors de
lui-même par la chambre en répétant:
Jean-Jacques Rousseau est ici! il est
votre ami, est-il possible! que je suis
heureux! Quoi! je pourrai le voir,
l'entendre? Dès ce soir si tu le veux,
Armand, je vais chez lui quand il me
plait. Nos mères nous firent observer
qu'il était trop tard, que la maison
serait fermée, que Mlle Thérèse
grognerait..... et malgré sa frénésie
et son impatience, M. Armand
fut obligé d'attendre au lendemain.
Toute la soirée il nous entretînt de
Rousseau, de ses ouvrages, des amis
et des ennemis qu'il avait à Paris. Il

nous dit que lui, Armand, était col-
laborateur d'un journal; et qu'il se
réjouissait beaucoup d'y parler de
Jean-Jacques Rousseau, de sa retraite
à Mottier, et de tout ce qu'il aurait
vu et entendu de cet écrivain célèbre.
L'on saura, me dit-il avec fierté, que
tu es son élève, le nom de ma Rosine sera placé à côté de celui de Julie
et de Sophie. Cela ne me plaisait pas
trop; mais dans ma joie de revoir mon
cousin, je ne voulus pas le contrarier.
A peine étions-nous levés, qu'il me
conjura de le conduire chez mon
vieux ami. Je n'y allais jamais de si
bonne heure; mais je cédai, nous ne
le trouvâmes pas; il était déjà sorti
pour herboriser : Thérèse préparait
son café, et nous dit qu'il ne tar-
derait pas à rentrer. J'ouvris sa

chambre pour nous y établir en
l'attendant, je caressai Carino, je
contai à mon cousin son histoire et
celle de l'automate, ce qui l'amusa
beaucoup ; je m'assis ensuite au cla-
vecin, et déchiffrai quelques ariettes.
Pendant ce tems-là Armand touchait
tout , regardait tout , ouvrait tous
les livres, et prenait des notes sur
son portefeuille , lorsque mon vieux
ami rentra. Bon Dieu ! comment est-
il possible qu'un homme puisse devenir aussi différent de lui-même !
Cette aimable et bonne physionomie
qui me souriait toujours , devint
sombre, farouche : son regard exprimait l'indignation et la colère la plus
violente. Il le porta d'abord sur
Armand, puis sur moi. — Que faites-
vous ici , Rosine , avec ce jeune

homme ? Pourquoi me l'amenèz-
vous? Qui est-il ? Que me veut-il?—
C'est mon cousin Armand, répondis-je
toute tremblante, qui est de retour
de Paris et... — Dieu ! de Paris,
dit-il avec un accent terrible, en ca-
chant son visage dans ses deux mains
qui tremblaient de colère, je vois...
je comprends...... retirez-vous...
laissez-moi, laissez-moi. Il se promenait avec agitation, Armand le
suivait en lui faisant des excuses, et
lui nommant des gens de lettres de
Paris qu'il connaissait. A chaque nom,
à chaque pas, la fureur de Jean-
Jacques redoublait, et son terrible
laissez-moi devenait plus positif.
Je voulus aller prendre Carino dans
sa cage pour m'aider à l'apaiser. —
Laissez cet oiseau, Rosine, vous

n'êtes plus digne de lui, il est le seul
être qui ne m'ait pas trahi. — Je vis
bien qu'il fallait laisser passer ce
mauvais moment ; et prenant mon
cousin sous le bras, je sortis bien
affligée, en le grondant beaucoup,
sûre que c'était lui qui avait ainsi
irrité mon vieux ami. Je pleurais aux
sanglots, et lui riait aux éclats. Il
était enchanté, disait-il, d'avoir cette
scène à raconter à ses amis et à mettre
sur son journal ; et moi les mains
jointes je le conjurais de n'en parler
à personne, en lui assurant que je
saurais bien apaiser mon vieux ami.
Je voulus y retourner seule l'après-
midi ; mais il lui vint des visites
d'étrangers, ce qui arrivait quelquefois ; et ces jours-là je ne me montrais
pas. Ils restèrent deux jours qui me

parurent bien longs , je lui écrivis un
mot pour lui demander excuse pour
Armand et moi, le conjurant de me
pardonner mon tort involontaire.
Je portai moi - même mon billet à
Mlle Thérèse que je trouvai, comme
à son ordinaire , de très-mauvaise
humeur. Elle me dit qu'on en voulait
à son maître , et que sa vie n'était
pas en sûreté s'il restait à Mottier. Il
y avait , il est vrai, beaucoup de
gens contre lui ; mais il était adoré
du plus grand nombre ; et Mlle Thérèse disait tant de sottises que celle-
là me fit peu d'impression.

» Je ne veux raconter que ce qui a
rapport à Carino, et ce que je sais positivement : je ne parlerai donc de la
fameuse lapidation qui eut lieu cette
même nuit, que pour rappeler qu'elle

fit partir subitement Jean-Jacques de
Mottier, et me causa ainsi une peine
bien cruelle. On peut en voir les
détails dans ses mémoires. Le lendemain matin nous étions occupés
tristement de ce qui s'était passé chez
lui pendant la nuit, et j'allais essayer
de pénétrer jusqu'à lui pour le consoler, lorsqu'une fille qui aidait dans
son ménage vint m'apprendre leur
départ subit, en m'apportant, de la
part de mon vieux ami, Carino dans
sa cage, et ce billet :

» Adieu, Rosine, il m'en coûterait
» trop de te haïr ; c'est bien assez
» de te quitter. Je veux te croire
» innocente de la conspiration qui
» me chasse de Mottier. Je voulais
» y passer le reste de ma vie, mais
» je ne veux pas la perdre par un

» supplice qui n'est destiné qu'au
» méchant. Je pars, chère et bonne
» fille ! non, tu n'es pas coupable,
» tu n'as pas conspiré contre celui
» qui t'aimait. Mais qu'ai-je fait à ce
» jeune homme pour venir m'épier,
» pour se liguer avec mes ennemis ?
» Tu l'aimes, Rosine, il est ton
» cousin, il sera ton mari.... Eh bien !
» qu'il te rende heureuse, et je lui
» pardonne. Je pars, je vais dérober
» ma triste existence à ceux qui la
» poursuivent. Rosine ! je ne te re-
» verrai plus ; mais tous les jours je
» penserai à toi, jusqu'à celui où ma
» pensée s'anéantira pour jamais. Je
» ne sais où ma fatale destinée va
» me conduire ; peut-être au-delà
» des mers : Carino ne peut me
» suivre ; il faut nous séparer, et ce

» n'est pas le moindre de mes chagrins:
» il fut le gage d'amitié de la femme
» que j'ai le plus aimée, qu'il soit
» pour toi celui de la mienne. Soigne
» Carino, Rosine, comme tu aurais
» soigné ton vieux ami s'il fût resté
» auprès de toi. Qu'à chaque instant
» il te le rappelle; et souviens-toi
» que tu m'as promis de réunir dans
» le même tombeau, s'il est pos-
» sible, Jean-Jacques et l'oiseau de
» Sophie. Si ma dernière demeure
» est trop éloignée de la tienne, si
» les ondes m'engloutissent, si je
» péris ignoré dans une terre étran-
» gère, tu me remplaceras, et mon
» serin reposera près de toi. Adieu,
» Rosine! n'oublie pas ton mal-
» heureux vieux ami, ton père, ton
» instituteur; et que tes vertus prou-

» vent que celui qui instruisit ta jeu-
» nesse était *vertueux*, »

» Ce n'est pas mon histoire que
j'écris, et mon papier est près d'être
rempli ; je n'entrerai donc pas dans
le détail de mon chagrin profond ,
de mes larmes , de mes éternels
regrets. Je n'ai plus revu mon vieux
ami ; mais je n'ai jamais cessé de
penser à lui , et mes soins continuels
ont prolongé la vie de Carino, beaucoup au-delà de celle des serins or-
dinaires : il a survécu à notre pro-
tecteur , dont j'appris la mort avec
un redoublement de regret. Retenue
à Mottier par les soins que demandaient la vieillesse et la santé de mes
deux mères (car celle d'Armand devint la mienne) , joints à mes nouveaux devoirs de mère et de nour-

rice, je n'avais pu faire le pélérinage d'Ermenonville, quoique je l'eusse passionnément désiré pour revoir encore une fois mon excellent instituteur : mais je lui avais écrit et j'en avais reçu une réponse. Il n'avait oublié ni Rosine, ni Carino. Ce dernier expira doucement de vieillesse, après avoir encore chanté un moment auparavant, comme pour me faire ses adieux. Je le fis empailler par un artiste de mon pays ; il m'offrit de l'organiser comme le mien ; mais je n'aimais plus les automates, et Carino devait dormir avec Jean-Jacques. Je voulois seulement le conserver pour remplir un jour ma promesse. Enfin le moment en est venu ; Armand, qui a des correspondans à Paris, apprit qu'on transportait au Panthéon

les restes de Rousseau, et qu'on lui
élevait un monument : il m'offrit de
m'y conduire , jugez si j'acceptai.
J'amenai avec moi mes deux enfans,
mon Emile et ma Sophie, nommés
ainsi en mémoire de mon vieux ami.
Ils m'ont accompagné au Panthéon,
son ombre les bénira ; je les ai nourris
comme il me l'avait tant de fois re-
commandé ; je les ai élevés d'après
ses principes , et jusqu'à présent je
n'ai qu'à m'en féliciter.

» Si cet écrit tombe entre les
mains d'un ami de Jean-Jacques, il
le lira avec intérêt, et remettra peut-
être Carino auprès de son maître. Eh !
quel autre qu'un ami de Jean-Jacques
visiterait son tombeau avec assez
d'attention pour y découvrir le mo-

deste petit cercueil que j'y vais déposer? »

ROSINE M.

Ah ! sans doute c'était une amie
qui l'avait trouvé ; et qui la reporté
avec un saint respect sur le monument de Rousseau, en demandant
qu'il n'en soit plus ôté. Je n'ai gardé
que l'écrit de Rosine dont je ne ga-
rantis point l'authenticité. Il porte
cependant un tel caractère de vérité
et de simplicité qu'il ne doit laisser
aucun doute ; car qui pourrait avoir
engagé Rosine à mentir ?

Rien, il est vrai, ne confirme cette
anecdote dans les Mémoires de Rousseau, et ce petit épisode valait bien
quelques-uns de ceux qu'on y trouve ;
mais cette liaison avec Rosine a eu

lieu dans un des momens de sa vie
où il était le plus agité, malheureux,
occupé de tristes pensées; ses Confessions finissent avec son séjour à
Mottier, et j'y vois qu'il y avait formé
des liaisons assez intimes sur lesquelles
il n'entre dans aucun détail; je veux
croire que ma petite Rosine était du
nombre. Quoi qu'il en soit, il me
semble qu'elle et son oiseau ont droit
d'intéresser ceux qui, comme moi,
ont aimé et plaint Jean - Jacques
Rousseau.

L E
RETOUR DE MAURICE
DANS LE PAYS NATAL.

~~~~~~~

Imité de Starke.

Trois années s'étaient écoulées depuis que le jeune Maurice Helger
avait quitté le lieu de sa naissance,
le beau village de Sonnemberg. Il
avait vu bien du pays, habité de
bien grandes villes, fait des progrès
dans son joli métier d'ébéniste, et
revenait avec impatience et plaisir
dans sa patrie : il y avait laissé une
famille chérie, et ce qui tient bien

autant au cœur, à vingt-cinq ans,
une charmante fiancée, nommée
Ernestine Sélert; ils s'étaient aimés
dès leur enfance, et jusqu'au moment de leur séparation ils n'avaient
éprouvé aucun chagrin d'amour, jamais ils ne s'étaient donné l'un à
l'autre le moindre sujet de jalousie;
leur naissance et leur fortune étaient
égales, et quand Maurice eut dit à
ses parens : « J'aime Ernestine Sélert
et je voudrais l'avoir pour femme, »
son père lui avait répondu : « Tant
mieux, mon fils, c'est la bru que
nous aurions choisie. » Le même jour
il en parla à son voisin Sélert, et lui
demanda sa fille.

Tu me fais bien plaisir, lui répondit Sélert, car notre Ernestine
nous a confié qu'elle aimait ton fils

plus que tout au monde. On fit
venir les heureux jeunes gens : Nous
consentons à votre bonheur, leur
dirent leurs parens, et votre union
fera le nôtre ; nous n'y mettons qu'une
seule condition, c'est que le mariage
ne se fera que dans trois années, et
que vous les passerez séparés l'un
de l'autre. Ernestine n'a que dix-sept
ans, sa mère ne veut pas qu'elle
soit femme avant qu'elle ait vingt
ans ; Maurice en a vingt-deux, il est
tems qu'il fasse son tour (1) : il faut
qu'il connaise le monde, qu'il ap-
prenne à se passer de sa mère, et
à se distinguer dans sa profession ;

---

(1) On appelle faire son tour le voyage
que les jeunes ouvriers sont obligés de faire
avant que d'entrer dans leurs maîtrises.

à son retour il s'établira comme maître
dans la ville voisine, et ce sera le
moment de prendre une ménagère.
Prépares-toi donc à partir, mon fils :
le plus tôt sera le mieux, tu en
seras plus vite revenu ; embrasse ta
fiancée, échangez vos bagues, pro-
mettez-vous foi et fidélité, et sépa-
rez-vous sans inquiétude : trois ans
sont bientôt passés.

Maurice prit en silence la main
de son père, et la serra en signe
d'obéissance ; il n'aurait pu prendre
sur lui de prononcer : oui, je con-
sens à partir. Il reçut ensuite dans
ses bras sa pauvre Ernestine qui pleurait amèrement ; les roses du plaisir
avaient fait place aux larmes sur ses
belles joues. Trois ans, disait-elle en
sanglottant, moi qui ne pouvais pas

être trois heures sans te voir, cher
Maurice, que deviendrai-je ? Tu pen-
seras à ton ami, mon Ernestine, dit
Maurice en affectant un courage que
le ton ému de sa voix démentait;
tu te diras : Maurice m'aime, et compte
tous les instans jusqu'à celui de son
retour; il arrivera, ce doux moment,
je reviendrai plus habile ébéniste,
ayant plus de moyen d'augmenter ton
bien-être, et de te rendre heureuse.
Ernestine secouait la tête, elle
aurait mieux aimé moins d'habileté,
moins de bien-être, et que son Maurice restât près d'elle; mais les parens avaient prononcé, il fallut obéir.
Elle se promit de son côté d'employer
le tems de cette longue absence
à filer son trousseau et la toile de leur
petit ménage, et à tricotter une bonne

provision de bas à son ami ; leurs projets d'occupations, qui se rapportaient
à leur union future, adoucit le moment des adieux : Maurice n'obtint
qu'un jour pour faire son paquet et
prendre congé de ses parens et de
ses amis, et le surlendemain il était
à dix lieues de Sonnemberg, sans
comprendre qu'il eût pu se résoudre
à le quitter. Ernestine, renfermée
dans sa petite chambre, pleurait de
tout son cœur, et n'avait nulle envie d'en sortir, puisqu'elle ne pouvait
plus rencontrer Maurice ; mais ensuite
tous les deux, sans se regretter moins,
pensèrent à mettre à profit ce tems
d'ennui. Le rouet tourna, le rabot
glissa, et le tems s'écoula, mais non
pas tout-à-fait de la même manière
pour l'un que pour l'autre ; la tendre

Ernestine , fidèle à son chagrin
et à ses projets, ne se permit aucune
distraction , ne perdit pas un instant,
et n'eut d'autre plaisir que d'avancer
sa toile et son tricotage , et de se
dire tous les soirs , voilà un jour
écoulé.

Maurice comptait aussi les jours
passé loin de son amie , mais il ne
donnait pas tout son tems à la tristesse et aux regrets. Dans les sé-
parations , celui qui part est toujours
le plus vite consolé ; il n'était jamais
sorti de son village, il vit avec plaisir
des pays nouveaux, d'autres mœurs,
d'autres costumes, etc. Il passa toute
une année à voyager de ville en ville ,
en travaillant de son métier. Il apprit
assez bien le français, et s'engagea,
pour les deux années qui lui restaient

à parcourir, à Lyon chez un habile
menuisier-ébéniste, nommé maître
Thomas, qui avait la vogue, recevait
de beaux modèles de meubles de Paris,
et chez qui Maurice pouvait beaucoup
apprendre et beaucoup gagner. Maître
Thomas avait les meilleures pratiques
de la ville, mais il aimait plus la bou-
teille et le jeu que le travail; il fut
enchanté d'avoir enfin trouvé ce qu'il
cherchait depuis long-tems, un ouvrier entendu, honnête, sage, qui
ne quittait pas l'atelier, et sur qui
il pouvait se reposer pour faire aller
la besogne quand il était au cabaret;
il n'épargna donc rien pour retenir
Maurice, et crut qu'un des plus sûrs
moyens était d'envoyer souvent auprès de lui sa fille unique, Mlle Thérèse, petite Lyonnaise, bien éveil-

lée, bien jolie et bien agaçante. Vas-
t'en à la boutique, petite, lui criait
son père en sortant, et travaille auprès de Maurice pour qu'il ne s'ennuie
pas. Il n'y aurait pas grand mal, pensait-il, quand il en résulterait un peu
d'amour; je ne puis pas avoir un gendre qui me convienne mieux ; je n'ai
plus de femme; je garderai ma fille.
Maurice est habile, intelligent, il ne
laissera pas reposer le rabot pendant
que je m'amuse. Il est joli garçon aussi,
et fera, j'espère, oublier à Thérèse ce
grand fainéant de Fréderich, que j'ai
renvoyé, crainte de malheur. Maurice
est sage lui, et quand il ne le serait
pas, le mariage raccommode tout. Ce
Fréderich était un ouvrier qui en con-
tait très-vivement à Mlle. Thérèse, et
ne faisait guère autre chose, maître

Thomas s'en était défait : Maurice le
remplaça, et gagna bientôt le cœur
du papa ; celui de la fille se donnait
tant qu'on voulait ; elle trouva que le
beau Maurice méritait bien d'en avoir
aussi sa petite part ; elle allait donc
avec grand plaisir lui tenir compagnie
dans un atelier particulier où il tra-
vaillait ; elle lui disait mille folies, lui
chantait le vaudeville du jour, et lui
lisait quelquefois un opéra, une comédie, un mauvais roman, l'alma-
nach, la gazette, enfin ce qu'elle pouvait accrocher ; le soir, quand l'ouvrage était fini, elle le prenait sous le
bras, et le menait promener avec
elle, ou plus souvent encore jouait
au volant avec lui devant la maison,
son joli pied en avant, son bras rond
et blanc en l'air, ainsi que son petit

nez retroussé, riant aux éclats quand
le volant tombait, et montrant alors
deux rangs de dents plus blanches
que l'ivoire, se donnant enfin toutes
les grâces que ce jeu développe......
Sonnemberg et la triste Ernestine sont-
ils donc oubliés ? Il faut l'avouer,
Maurice n'y pense guère quand il
reçoit sur sa raquette le volant de
Thérèse, et qu'il le lui renvoie, et
pas beaucoup lorsque Thérèse assise
sur l'établi, lui chante gaie chanson
nette et doux refrain d'amour, et
moins encore lorsque, penchée devant
lui, de manière que leurs deux fronts
se touchent, sa jolie main passée sur
celles de Maurice, qu'elle presse de
toute sa force, elle lui aide à pousser le rabot; mais il faut être juste,
retiré le soir dans sa petite chambre,

si Thérèse ne l'a pas accompagné jusqu'à la porte en riant, et lui faisant des niches, il pense à son Ernestine, et sent quelque chose qui ressemble à des remords ; souvent aussi il la voit dans ses songes, tendre, aimante comme dans leur enfance ; cette image le suit à son réveil, il se lève en jurant de ne plus regarder Thérèse ; la petite espiègle l'agace, le tourmente, pleure, rit, le boude et le caresse tour-à-tour ; il tient bon quelques minutes ; mais à vingt-trois ans, peut-on résister long-tems à une fille aussi séduisante que Thérèse, et qui se donne autant de peine pour que Maurice ne s'ennuie pas ? J'en appelle à la mémoire de mes lecteurs, pour les rendre indulgens envers mon bon Maurice ; ils se souviendront, sans doute, combien de fois dans leur vie ils ont aimé deux belles en même tems, si du moins ils appellent *aimer* ce que Thérèse inspire à Maurice ; Ernestine est encore toute entière au fond de son cœur, et n'y aura jamais de rivale. Bientôt il en donnera la preuve, mais Maurice est jeune, mais Ernestine est à deux cents lieues, et Thérèse à deux pas, et souvent bien plus près encore, et papa Thomas leur laisse une entière liberté, et va toujours disant, le mariage raccomode tout ; mais n'étant point pressé de donner une dot, il attendait patiemment qu'il y eût quelque chose à racommoder, et se contentait, pour éloigner tout prétendant à la main de sa fille, de

dire à tout le monde qu'elle était en-
gagée avec son premier ouvrier Maurice, et qu'il n'aurait point d'autre
gendre ; il le dit plus positivement encore à l'ancien amoureux Fréderich
qu'il rencontra un soir rôdant dans
son quartier, et fort triste d'avoir vu
Thérèse jouer au volant avec Maurice. Pour achever de lui ôter tout
espoir, maître Thomas lui dit que la
chose était faite : quand je te dis que
tu perds ton tems et les peines, grand
nigaud, n'as-tu donc pas vu comme
Thérèse et Maurice s'aiment ? je
la lui ai donnée, tout est dit, tout
est baclé, et Maurice est capable
de te briser les os comme chair à
pâté, si tu regardes seulement sa
petite femme. Soit dépit, soit ter-
reur, Fréderich se le tint pour dit ;

il ne restait à Lyon que pour Thérèse; il en partit le lendemain, convaincu qu'elle était mariée.

Les deux années d'engagement de
Maurice s'écoulèrent : pendant ce
tems il avait reçu quelques lettres
bien tendres d'Ernestine, et lui avait
écrit moins qu'il ne l'aurait fait si
Thérèse n'avait pas occupé tous ses
momens de liberté. Entre le rabot
et le volant il lui restait peu de tems
pour la correspondance, et comme
tous ceux qui ont un tort secret,
il éprouvait quelque embarras, et
renvoyait d'un courrier à l'autre; cependant n'ayant rien reçu de Sonnemberg depuis plus de deux mois,
il commençait à être inquiet, et quoiqu'il lui en coûtât bien un peu de
quitter sa jolie amie, il s'était enfin

décidé à demander son congé, malgré
les séductions de Thérèse. Maurice
avait été, strictement parlant, fidèle
à son Ernestine : il trouvait Thérèse
fort jolie, fort gentille ; il jouait avec
elle, il prenait et recevait en péni-
tence autant de baisers qu'il en voulait, mais il s'en était tenu là, et
n'avait jamais songé à l'épouser. Qu'on
juge donc de sa surprise, lorsqu'un
soir maître Thomas, à moitié ivre,
rentre chez lui, fait cesser le volant
et leur demande s'ils ne songent pas
à jouer un jeu plus sérieux. A quand
la noce, mes enfans ? voici le printems ; c'est le moment d'y penser,
et je crois qu'il en est tems. Je veux
que tout soit en règle chez moi...
Ton engagement est fini, Maurice,
il faut en passer un autre à vie avec

Thérèse. Ecris chez toi, mon garçon, fais venir le consentement de ton père, les paperasses de bourgeoisie, et puis vogue la galère; il sera content le papa Helger quand il saura que je te donne ma fille, toutes mes pratiques, tout mon vaillant, et que je ne te demande pour tout cela que tes deux bras et le bonheur de ma petite Thérèse. Allons, parlez donc, que diable! cela vaut bien un grand merci, je crois; et toi, petite sotte, viens m'embrasser, au lieu d'user ton tablier à force de le tortiller. Thérèse toute rouge de plaisir se jeta dans les bras de son père, et Maurice, pâle comme la mort, se laissa tomber à genoux la tête cachée dans les mains, et ne sut comment articuler un refus. Père Thomas éclatait de rire. Imbé-

cille, dit-il enfin, ne vas-tu pas faire
comme ces grands bénêts d'amoureux
de comédie qui se mettent à genoux
devant leur belle et le beau-père,
comme devant des idoles ? Allons,
lève-toi, mon fils, embrasse ta fiancée ;
échangez vos bagues, et vive la joie,
cela ne coûte rien. Ces mots, *embrasse ta fiancée, et échangez vos
bagues*, rendit à Maurice tout son
courage ; il crut entendre son père
lui dire, en lui donnant son Ernestine,
va, mon fils, embrasse ta fiancée ;
il crut voir cette fille chérie se jeter
toute en larmes dans ses bras, et lui
dire, cher Maurice, que deviendrai-
je sans toi ? et cet anneau qu'on lui
demandait était celui qu'il reçut
d'elle. A l'instant il se releva, et
d'un ton à la fois ferme et touché,

il remercia maître Thomas, il lui
dit qu'il n'oublierait jamais son amitié
et ses bonnes intentions, qu'il aime-
rait toujours Thérèse comme une
sœur, mais qu'il ne pouvait l'épouser
puisqu'il était déjà engagé dans son
pays, et que l'anneau qu'il portait à
son doigt était celui de sa *promise*.
Il pria maître Thomas de demander
à sa fille s'il lui avait jamais dit un
seul mot de mariage : il aurait même
pu ajouter que cent fois il lui avait
parlé d'Ernestine, et montré son anneau dont elle le plaisantait; mais il
ne voulut pas lui attirer des reproches
de son père. Ces reproches tombèrent
tous sur lui; il les supporta avec tant
de douceur que père Thomas, qui
était un bon diable, finit par en être
touché. Vas donc épouser ta pré-

tendue, lui dit-il d'un ton moitié
fâché, moitié amical ; puisque ce
n'est pas Thérèse, le plutôt que tu
partiras sera le mieux ; je te re-
gretterai toute ma vie, et tu pourras
bien aussi regretter peut-être une
fois la boutique et la fille du père
Thomas.

Maurice partit le lendemain avec
le cœur serré d'avoir dit adieu pour
jamais à Thérèse. Elle pleura aussi ;
mais ne la plaignons pas trop, elle
est jeune, jolie et française ; Maurice
n'était pas son premier amant, il ne
sera pas le dernier, et déjà elle commençait à le trouver un peu trop
sage et trop allemand. Pendant les
premières journées, le jeune voyageur
fut assez triste. La jolie mine de Thérèse occupait sa tête, ses larmes pe-

saient sur son cœur ; il ne pouvait se
dissimuler qu'il avait quelques torts
avec elle, et beaucoup avec Ernestine : mais Thérèse se consolera, et
la bonne Ernestine pardonnera, je
lui conterai tout, pensait-il, elle me
saura gré de ma franchise et de ma
fidélité quand elle saura comme Thérèse était jolie. Plein de cette douce
espérance, il chemina plus gaîment,
et plus il s'approchait de sa chère
patrie, plus Lyon, Thérèse et l'atelier du père Thomas s'effaçaient de
sa pensée : tout ce qu'il voyait autour de lui lui retraçait de plus doux
souvenirs ; déjà les bavolets à barbes
retroussées et le tablier de cotonnade
rouge ont fait place aux jolis cha-
peaux de paille et aux tresses flot-
tantes ; les côteaux de vigne ont

disparu , il ne voit que de vertes
prairies et des vergers en fleurs ;
bientôt il n'entend plus que la langue
maternelle que son Ernestine savait
bien rendre douce en lui parlant ,
déjà mille choses lui ont rappelé les
mœurs et les coutumes de son pays.
On était aux premiers jours de mai ;
chaque amoureux le premier dimanche de mai , plante un jeune
sapin ou un bouleau orné de fleurs
devant la demeure de sa belle ;
Maurice se rappelle tous ceux qu'il
a plantés devant la fenêtre de sa
chère Ernestine , et comme il était
heureux , d'entendre dire le lendemain que la plus belle des filles du
village avait eu le plus beau des *mai!*
Ah! s'il pouvait arriver assez tôt pour
lui annoncer ainsi son retour ! Il

pressé sa marche, il fait de plus
longues journées, à peine s'accorde-
t-il quelques heures de repos; mais
il a beau faire, le premier dimanche
de mai arrive, et il est encore à deux
grandes journées de Sonnemberg. Il
se trouve le soir dans un grand village qui se nommait Nesselrode :
fatigué de ses marches forcées et inutiles, puisque le moment de planter
le mai était passé, il se décide à ne
pas aller plus loin ce jour-là, et à
passer la nuit à Nesselrode. Tout
semblait y être préparé pour la fête
de mai : la rue était propre, les fon-
taines ornées de branchages, et de
hautes perches au bout desquelles
étaient attachées de gros bouquets
avec des rubans flottans; de jolis *mai*
marquaient les demeures des jeunes

filles, tous avaient des fleurs : mais
il remarqua un sapin qui n'en avait
que de blanches rattachées par un
ruban de crêpe; la rue était déserte.
Pour arriver à l'auberge, qui était à
l'autre bout, il fallait passer devant
l'église et le cimetière, tous les deux
étaient ouverts ; l'église lui parut
pleine de femmes, et dans le cimetière des hommes étaient occupés à
creuser une fosse. Cette vue lui expli-
qua tout, sans doute il était mort
dans ce village un être intéressant ;
sa perte suspendait la joie publique,
et le sapin orné de crêpes avait été
planté devant la maison de deuil : il
éprouva un serrement de cœur auquel se joignit bientôt un sentiment
de contentement de n'être pas à Sonnemberg. « Ah Dieu ! pensait-il, si

en arrivant chez moi j'avais vu creuser
une fosse mortuaire , quel eût été
mon effroi ! et si ce triste mai avait
été devant la maison d'Ernestine ! »
Cette pensée l'émut au point que
ne voulant pas entrer dans l'auberge
avec cette impression douloureuse ,
il alla s'asseoir dans une belle place
plantée d'arbres attenante à l'église :
il tâcha de se remettre en se disant
qu'il n'était pas à Sonnemberg, qu'il
ne connaissait personne à Nesselrode
où il passait pour la première fois de
sa vie, et qu'à chacun appartiennent
ses peines : son cœur était toujours
oppressé ; il l'attribua au contraste si
frappant des apprêts de la fête du
printems et de ceux de la mort. Tout
marquait ce triste contraste autour
de lui ; la place avait été nouvelle-

ment arrangée pour la danse , elle
était couverte d'un sable fin et battu ;
des bancs de gazon tout frais , des
tables , un tréteau pour l'orchestre ,
et quelques guirlandes de fleurs dans
les arbres , tout annonçait que c'était
la salle du bal champêtre : mais au
lieu du tambourin et du flageolet,
on entendait les sons plaintifs de
l'orgue accompagnant des chants
tristes et religieux ; au lieu des jeunes
et folâtres danseuses foulant le gazon
d'un pied léger, des groupes de jeunes
filles vêtues de deuil , et tenant
toutes à la main une couronne de
romarin entremêlée de muguet blanc,
vinrent se promener silencieusement
en sortant du temple , et attendant
sans doute le moment du convoi funèbre. La lune était dans son plein,

sa douce lumière se réfléchissait sur leur visage à demi voilé à travers la feuillée, et leur donnait une teinte de pâleur analogue à la circonstance. Elles en parlaient en se promenant, et Maurice comprit à leurs propos que la défunte était une belle et jeune fille. Pauvre Zélie, si jeune et si jolie (dit l'une d'elle en s'asseyant sur le même banc où était Maurice)! mon Dieu, sur quoi peut-on compter? — Oui, mais si languissante et si malheureuse! dit une seconde, elle ne désirait, dit-on, que de mourir. — N'aurait-elle pas mieux fait, dit une troisième, d'aimer et d'épouser Henri le frère de Marie, qui l'aimait si tendrement? elle serait à présent au milieu de nous heureuse et contente au lieu d'être dans son tombeau. Et ce

*

pauvre Henri , comme il est malheureux à présent ! de long-tems il
ne nous fera plus de chansons.

Avez-vous vu la dernière romance
sur la pauvre Zélie , dit l'une d'elles?
ah ! comme elle est touchante ! sa sœur
me l'a prêtée et je l'ai d'abord retenue,
car c'est l'air de *Plaisir d'amour*.

Nous ne l'avons pas vue, dirent-
elles toutes ; chante-nous-la, Rose,
puisque tu l'as apprise.

Ah ! je ne sais si j'oserai chanter
dans ce moment, dit Rose en regardant du côté de l'église : si on
allait venir ; Marie serait fâchée ,
peut-être , d'entendre chanter. —
Et où est-elle Marie? elle était avec
nous à l'église. —Elle est allée faire
placer sa pauvre amie dans la bière.
Elle viendra bientôt. Tenez, la voici.

Comme elle est triste ! elle ne voudra pas qu'on chante. — Nous allons le lui demander, dirent-elles ; c'est un hommage à Zélie.

Marie arriva, elle était plus en deuil que les autres, toute vêtue de noir et tenant à la main le bouquet de fleurs blanches, nouées avec un crêpe, que Maurice avait vu attaché au sapin ; elle fut d'abord entourée, on lui fit place sur le banc. — Marie, en attendant qu'on vienne, chante-nous la romance de ton frère sur la pauvre Zélie, lui dirent-elles toutes à la fois. Je ne puis pas chanter, dit Marie en pressant sa main sur son cœur, en vérité je ne le puis pas, mais je crois que tu la sais, Rose ? chante la bien doucement. Il se fit alors un grand silence pour écouter

Rose qui chanta à demi-voix, mais
lentement et distinctement, les six
couplets suivans, dont Maurice ne
perdit pas un mot.

LA PAUVRE ZÉLIE.

ROMANCE.

Du doux printems on célèbre la fête,
Beau mois de mai enfin vient à son tour;
Dans le hameau chaque berger s'apprête,
Cueille des fleurs, les destine, et répète
    Tant doux refrain d'amour.   (*bis*).

Guirlande en main la gentille bergère
Va décorer les bosquets d'alentour,
Et puis revient d'une marche légère
Chanter, danser, sur la verte fougère
    Le joli rond d'amour.   (*bis*)

Mais las! Zélie, à l'écart dans la plaine,
Fuyant les jeux et l'éclat d'un beau jour,
Triste et pensive au bord d'une fontaine,
Main sur les yeux et le cœur plein de peine,
    Verse larmes d'amour.   (*bis*).

L'ingrat qu'elle aime a quitté le village ;
Il fuit loin d'elle, hélas ! et pour toujours ;
Il donne ailleurs la foi du mariage ,
En même tems et parjure et volage ,
   Il a trahi l'amour.   (*bis*).

Le printems passé, et la pauvre Zélie
Plus du printems ne verra le retour ,
Sombre chagrin a terminé sa vie ,
Comme une fleur elle tombe flétrie
   Sous l'orage d'amour.   (*bis*).

Du mois de mai quand reviendra la fête,
Plus de plaisir dans ce triste séjour ;
Chacun ira sur sa tombe muette
Jeter des fleurs. Chacun plaint et regrette
   La victime d'amour.   (*bis*).

Le chant cessa et il y eut encore
un silence ; les jeunes filles pleuraient :
Maurice lui-même ne put retenir ses
larmes ; il pensait combien il avait
été près de donner peut-être aussi
la mort à son Ernestine.

Combien ce doit être triste de

mourir ainsi d'amour, dit enfin la
petite Rose ! mais aussi pourquoi ne
pas imiter son volage ? Que n'ai-
mait-elle ton frère Henri qui est si
beau, si gentil, et qui fait si bien
les chansons ! Je l'aimerais bien,
moi, s'il me voulait. Ah ! comme
Zélie aurait bien mieux fait ! n'est-ce
pas, Marie ?

Elle me disait toujours, répondait
celle-ci, qu'on ne peut aimer qu'une
fois, et qu'elle n'avoit plus de cœur
à donner.

— Mais du moins, dit une autre,
ne s'est-elle pas trop pressée de
mourir ? était-il bien sûr que son ami
fût infidèle ?

— Ah ! bien sûr. Depuis long-
tems elle s'en doutait, elle voyait
cela dans ses lettres. Quand on aime

comme aimait Zélie , le cœur devine
tout; mais elle se disait : Il reviendra,
je le retrouverai, et j'aurai le plaisir
de lui pardonner. Il y a trois mois
que cet espoir s'évanouit, elle apprit
qu'il était marié et qu'il adorait sa
femme. Pensez comme c'est cruel !
Depuis lors elle n'a fait que languir :
elle aurait voulu pouvoir vivre , car
elle aimait ses parens ; mais la douleur a été la plus forte. Il m'a quittée
au mois de mai , me disait-elle, au
mois de mai je quitterai la vie. Le
mois de mai est arrivé , et Zélie
n'existe plus.

Conte-nous toute son histoire,
Marie, dit la jeune fille ; tu la sais
mieux que nous , toi qui étais son
amie.

Marie y consentit, on se pressa

autour d'elle ; Maurice aussi se rapprocha ; et redoubla d'attention. Son
histoire est bien courte, dit Marie.
Depuis son enfance elle avait... A ce
moment la cloche funèbre se fit entendre. Je vous ferai l'histoire de la
pauvre Zélie un autre jour, dit Marie
en se levant ; allons à présent l'accompagner dans sa dernière demeure et poser nos couronnes de
fleurs sur sa tombe.

Elles se mirent en marche tristement et deux à deux. Maurice les
suivit, il voulait aussi rendre les derniers devoirs *à la victime d'amour.*
Le cercueil s'avançait précédé de
quelques flambeaux obcurcis par la
lumière de la lune, six jeunes garçons
le portaient : il était facile de reconnaître parmi eux le poëte Henri, frère

de Marie, à sa douleur; mais à la grande surprise de Maurice, lui seul pleurait, lui seul avait l'air profondément affecté. Les hommes plus âgés qui suivaient le convoi, celui même qui le conduisait, et qui sans doute était le père ou le plus proche parent de la défunte, n'avait, ainsi que tous les autres, qu'un air décent et touché, mais sans aucune marque d'affliction. Le cercueil fut déposé dans la fosse. Le pasteur fit un petit discours assez froid sur la fragilité de la vie; les jeunes filles s'avancèrent ensuite, et chacune jeta sa petite couronne de romarin sur la bière, et Marie son bouquet blanc, auquel était attaché un papier écrit, que le pasteur lut à haute-voix : c'étaient

des rimes dictées sans art par le cœur
simple et sensible d'une villageoise,
mais qui touchèrent plus les assistans
que le froid discours qu'on venait
d'entendre.

Comme la fleur passagère
Jeunesse s'évanouit,
Brille un instant sur la terre,
Puis se flétrit et périt.

Hélas ! cette courte vie,
N'est qu'un séjour de douleur;
Et c'est quand elle est finie
Que commence le bonheur.

Oui, dans la vie éternelle,
L'ame pure brillera,
Et la couronne immortelle
Jamais ne se flétrira.

On recouvrit ensuite le cercueil de
terre ; le bruit de la terre, en tom-

bant, résonnait sur la bière et semblait frapper aussi sur le cœur de
Maurice. Cette jeune fleur succom-
bant sous la faulx du malheur et de
la perfidie, et qui ne semble regrettée
que d'une amie et de l'amant qu'elle
a dédaigné, remplissait son cœur de
tristesse. La foule se dissipa. Henri
et Marie restaient seuls debout et se
tenant embrassés à côté de la tombe.
Maurice éprouvait le besoin d'y déposer au moins une larme ; il s'en
approcha. Marie le regarda avec un
triste sourire. La connaissiez-vous ?
lui dit-elle, je vous ai vu suivre
avec intérêt le cortège, à présent je
vois couler vos larmes ; êtes-vous son
parent, son ami, ou seulement son
compatriote ? Maurice écoutait avec

surprise ; je ne vous comprends pas, dit-il, je suis un voyageur, le hasard seul m'à conduit ici dans ce triste moment, et celle qui repose dans ce tombeau était votre amie.

Ah ! oui, sans doute, répondit la jeune fille, ma bien bonne amie, mais seulement depuis deux mois qu'elle demeurait chez mon père, qui est médecin ; ma pauvre Zélie était d'un endroit éloigné et si malade ; ses parens la voyant périr de langueur l'avaient amenée chez mon père, pour qu'il la guérit ; elle était si bonne, si patiente, si reconnaissante de nos soins, que nous l'aimions tendrement ; mais hélas ! ils ont été inutiles, son mal était dans le cœur, et l'on n'en guérit pas... Ah ! pauvre Zélie, combien elle a souffert, et comme je la regrette ! je vous sais gré de vos larmes, vous qui ne la connaissiez pas.

Nous sommes les seuls qui la pleurons, dit Maurice, ses parens m'ont paru bien calmes. — Ses parens, répondit Marie, elle n'en a point ici, je vous l'ai dit, elle était étrangère ; son père, mourant lui-même de chagrin, n'a pu venir l'ensevelir, c'est le mien qui l'a remplacé : il regrette Zélie, mais elle n'était pas sa fille, quoique je l'aimasse comme une sœur.

Zélie, elle s'appelait Zélie ! dites-vous, et son nom de famille ? je voudrais aussi le savoir ; souvent, bien souvent je penserai à la *pauvre victime d'amour.*

Ah ! dit Marie, vous avez entendu
la romance de *la pauvre Zélie ;* oui,
nous l'appelions tous ainsi, c'est un
joli nom de fantaisie que mon frère
lui donnait dans ses chansons ; et
qu'elle avait adopté ; elle l'aimait
mieux que le sien qu'elle ne pouvait
plus entendre. Marie, me disait-elle
au commencement, je t'en prie, ne
me nomme pas comme me nommait
celui qui m'a tuée, ne m'appelle pas
chère Ernestine.

Ernestine ! dit Maurice, d'une voix
altérée et pâlissant comme la mort —
Oui, Ernestine Sélert de Sonnemberg..... Elle n'a pas fini de prononcer ce mot, qu'elle voit le jeune
étranger tomber sans connoissance
sur la tombe, en répétant faiblement

le nom d'Ernestine. Marie appelle à
son secours son frère qui s'était un
peu éloigné ; ils relèvent tous deux
le malheureux jeune homme , qui
rouvre un instant des yeux éteints,
et bégaie encore le nom d'Ernestine.
Dieu ! c'est Maurice, ce ne peut être
que l'infidèle Maurice , criait Marie.
Il fait un effort, il prononce encore ;
oui Maurice l'assassin d'Ernestine, et
il retombe sans force , et comme
déjà mort. Henri l'emporte chez son
père, tous les secours lui furent pro-
digués inutilement, il revint cependant un instant à lui , pour apprendre
de Marie qu'un jeune voyageur ,
nommé Fréderich , avait apporté à
Sonnemberg la nouvelle positive que
Maurice avait épousé à Lyon la fille

de son maître : ce jeune homme le
tenait de la bouche même du père
de l'épouse ; il avait vu de ses yeux
Maurice et sa femme dans le ravis-
sement du bonheur. Il ne fut pas
possible d'en douter; ses parens indignés ne voulaient plus entendre
parler de lui, et cette nouvelle fut
le coup de la mort pour la sensible
Ernestine. Ses parens craignant qu'elle
ne perdît la raison l'avaient amenée
chez le médecin de Nesselrode, qui
était en grande réputation pour les
maladies de l'ame : celle de la pauvre
Ernestine était blessée à mort, et ni
la science du docteur, ni l'amitié de
sa fille, ni l'amour de son fils ne
purent la sauver. Maurice chargea
Marie de sa justification auprès de

ses parens et de ceux d'Ernestine. Il expira doucement sur le matin ; la même lune qui avait éclairé les funérailles d'Ernestine , éclaira les siennes, et ils reposent à côté l'un de l'autre.

~~~

TROISIÈME NOUVELLE.

CHRISTIAN WOLDAN.

SECOND RETOUR DANS LE PAYS NATAL.

Traduit de Starke.

Après sept ans d'absence, le jeune menuisier, Woldan, étoit en chemin pour retourner dans la petite ville où il étoit né : c'était sa dernière journée; il était près de midi, et il lui restait encore huit lieues à faire ; il venait de prendre un repas frugal dans un petit village, et il se reposait sous un saule dans une prairie voisine du

grand chemin, pour reprendre des
forces avant de se remettre en route.
Il songeait au plaisir qu'il allait éprouver en revoyant ses parens et ses amis,
et des larmes s'échappaient involontai-
rement de ses yeux; mille doux souvenirs occupaient son ame et l'atten-
drissaient. La saison ajoutait encore à
sa mélancolie; c'était la fin de l'au-
tomne : un vent froid et humide souf-
flait de l'ouest, et déjà la vapeur de
l'haleine devenait visible dans l'air.
Le ciel était nébuleux, et l'obscurité rembrunissait encore le tableau
de destruction et de mort que la
campagne présentait autour de lui :
dans les champs des chaumes dessé-
chés, dans les prairies une verdure
flétrie et jaunâtre, parsemée de quelques colchiques solitaires; les bois

commençaient à devenir transparens ;
les arbres fruitiers , dépouillés de
leur fruit, laissaient tomber les unes
après les autres leurs feuilles rouges
et brunes ; du saule sous lequel était
assis le jeune homme, se détachaient
à chaque instant des feuilles d'un jaune
pâle , qui , après avoir été agitées
par le vent , tombaient en tour-
noyant dans un ruisseau ; le monotone
grillon chantait ses adieux , et le moi-
neau et le roitelet sautillaient au travers des haies défeuillées.

Ainsi tout contribuait à augmenter
la rêverie de Woldan , et plus encore les pensées qu'il reportait en
arrière sur ses années écoulées comme
un songe , qui laisse à peine une trace
légère. Pour éprouver de la tristesse
en songeant au tems passé, il n'est pas

toujours nécessaire qu'il ait été mal
employé, et qu'il ait donné lieu au
repentir; il n'en était du moins pas
ainsi du jeune ouvrier Woldan : cet
excellent jeune homme était resté
fidèle aux préceptes de vertus qu'il
avait reçus dans son enfance chez ses
bons et simples parens, son cœur
était encore innocent et pur; aucun
des maîtres chez lesquels il avait travaillé ne l'avait vu partir sans ré-
gret; il avait toujours montré tant
de fidélité, d'assiduité, d'intelligence,
il témoignait tant d'intérêt aux événemens de la famille, il était si doux,
si complaisant, qu'on le regardait
comme l'enfant de la maison. Il n'est
pas nécessaire non plus d'avoir devant soi un triste avenir pour penser avec regret au tems déjà écoulé :

ce tems qui a marqué notre carrière,
qui a été le témoin de tous les chan-
gemens qui se sont opérés dans nos
sentimens et dans nos habitudes,
nous nous accoutumons à le regarder
comme une partie de nous-mêmes,
et nous ne nous en séparons pas sans
douleur; notre cœur se serre en portant nos regards sur le passé, comme
au souvenir d'une personne qui
nous a été chère, et que nous
ne reverrons jamais. Quelquefois
on voudrait rappeler quelques-uns
de ces momens, et pouvoir les
fixer; on regrette même les jours
orageux : d'autres fois il nous semble
que nous sommes sur le bord d'un
abîme, dans lequel nous avons laissé
tomber un objet précieux ; nous
voudrions nous y jeter après lui, mais

une force supérieure nous retient ;
nous regardons encore quelque tems
au fond de l'abîme où l'obscurité devient à chaque instant plus profonde,
et ce n'est pas sans une espèce de
combat que nous nous en éloignons
pour continuer notre route ; nous
tournons encore la tête vers l'abîme
où s'est englouti ce que nous re-
grettons. Telle était à-peu-près la
situation de l'ame de notre jeune
voyageur lorsqu'il réfléchissait sur la
vie. Il se rappelait comme d'hier le
moment de son départ de la maison paternelle ; il voyait encore l'activité
tendre et soucieuse de sa bonne mère,
tous les petits préparatifs qu'elle avait
faits, et les larmes qui coulaient sur ses
joues en faisant son porte-manteau
où elle mettait sans cesse quelque

chose de plus; et l'air sérieux et
touché de son père, et le sentiment
de tristesse que lui firent éprouver
les caresses joyeuses du chien, qui
ne prévoyait pas son départ; il se
rappelait jusqu'au pétillement du feu
de la cuisine où il avait soupé pour
la dernière fois avec ses parens, jusqu'aux mets qui composaient ce souper, et dont personne ne pouvait
manger ; il se rappelait aussi les
bonnes exhortations de son vertueux
père, et les craintes de sa mère sur
les dangers qu'il pouvait rencontrer.

Ces souvenirs lui retraçaient ensuite tour-à-tour les contrées qu'il
avait parcourues, les villes où il avait
séjourné, et l'impression que faisaient
sur lui les physionomies des étrangers, et tout ce qu'il voyait et qu'il

*

entendait pour la première fois; il
songeait aux plaisirs et aux peines
qu'il avait éprouvées dans ses prome-
nades solitaires ou en compagnie; il
songeait à ses amis, à ses camarades,
à son travail de menuiserie; combien
de lits de noces, de berceaux d'enfans et de cercueils étaient sortis
de ses mains.

Après une demi-heure de repos
et de rêveries vagues, il sortit de sa
poche la dernière lettre qu'il avait
reçue de sa mère, il y avait environ
six semaines, et qui renfermait l'ordre de revenir; il l'avoit déjà lue plus
d'une fois, mais le cours de ses réflexions lui donna le désir de la relire
encore. Voici mot à mot ce que contenait cette lettre.

« Mon fils bien aimé,

» Je commence par remercier Dieu
» de ce qu'il t'a donné de la force et
» de la santé ; tu pourras entreprendre
» le voyage, tant désiré, revenir
» dans la maison paternelle ; ton
» père désire que tu sois chez nous
» au plus tard dans deux mois, nous
» ne pouvons plus nous passer de
» toi ; j'ai beaucoup vieilli, à peine
» pourras-tu me reconnaître ; je com-
» mence à me courber, toutes mes
» robes sont devenues trop longues
» la vieille couturière Lisbeth, dont
» tu te souviens sûrement, et qui te
» salue, est occupée à ranger celles
» dont je veux me servir. J'ai mis
» de côté tout ce que j'ai de meil-
» leur et de plus brillant pour les

» donner à ta femme ; c'est pour en
» prendre une qu'il faut que tu re-
» viennes, et le plus tôt sera le mieux.
» Ton père devient vieux et infirme ,
» le rabot et la scie ne lui con-
» viennent plus ; il a souvent des at-
» taques de rhumatisme et l'ouïe fort
» dure ; tu sais qu'il y a toujours
» assez d'envieux qui guettent les
» occasions d'enlever les pratiques de
» leurs confrères; il faut donc que
» tu viennes: ton père te remettra son
» atelier ; tu prendras une femme, et
» nous nous reposerons ; s'il plaît à
» Dieu, tu ne manqueras pas d'ou-
» vrage. Un bon vieux seigneur qui
» a connu mon mari dans sa jeu-
» nesse, est venu s'établir ici ; hier
» il vint dans l'atelier de menuiserie ,
» et causa long-tems avec lui : il a

» les cheveux blancs, et l'air si bon, si
» affable, on ne dirait pas qu'il soit
» aussi riche ; mais il l'est, et il nous
» veut beaucoup de bien. Il a une
» petite-fille qu'il marie le printems
» prochain, il veut nous donner à
» faire le lit de noce, et tous les meu-
» bles du nouveau ménage, c'est-
» à-dire à toi ; car à chaque chose
» qu'il commandait, comme ton père
» n'entendait pas trop ce qu'il disait,
» moi je m'avançais toujours, et je
» disais en lui faisant la révérence :
» Oui-dà, Monsieur, notre Christian
» fera cela à merveille. Il rit, et me
» dit, je veux aussi meubler ma mai-
» son de la ville, c'est votre fils,
» bonne mère, qui fera tous ces meu-
» bles, et enfin ma bière. Je ne pus
» m'empêcher de pleurer en enten-

» dant ce digne homme , quoique je
» pense bien que ton père et moi
» mourrons avant lui ; mais tu vois
» que c'est un joli commencement.
» Quant à ta femme, nous avons jeté
» les yeux, pour toi, sur une hon-
» nête et très-jolie fille qui a quel-
» que bien et beaucoup d'économie ;
» tu l'épouseras, si elle te plaît, mais
» elle te plaira certainement ; et quant
» à elle, elle trouvera difficilement un
» mari aussi sage et aussi bien fait
» que mon Christian, soit dit sans
» le flatter. Elle a perdu sa mère,
» et ne m'en aimera que mieux ; elle
» vit avec son père ; un bon vieux
» honnête homme , avec qui nous
» avons déjà parlé de l'affaire, et
» qui te veut bien pour son gendre,
» sur tout ce que nous lui avons dit

» de toi ; tu ne l'as pas connu, il n'y
» a que quatre ans qu'il vint de l'é-
» tranger s'établir dans un village à
» deux lieues d'ici ; dès que tu seras
» arrivé, nous irons les voir un di-
» manche. Nous sommes fort bons
» amis, et même un peu parens ; la
» sœur de sa grand-mère avait épousé
» le beau-frère de mon grand-père ;
» je suis sûre que tu trouveras ta
» petite cousine à ton gré. Elle ne res-
» semble point à une paysanne, ses
» joues sont roses et blanches comme
» la fleur du pommier, et ses yeux
» brillans comme deux étoiles ; je
» t'assure qu'elle est très-jolie, et
» je me réjouis déjà de la voir parée
» de la robe de noce, et la couronne
» de fleur sur la tête. Epouse-la seu-
» lement, mon fils, et tu seras heu-

» reux ; je n'étais pas la moitié aussi
» belle qu'elle, et cependant ton père
» m'a prise avec plaisir, et ne s'en
» est pas repenti ; il en sera, au reste,
» ce qu'il plaira à Dieu, mais j'ai mis
» mon cœur à ce mariage.

 » Ton père désire beaucoup ton
» retour : si seulement notre Chris-
» tian était là, me dit-il tous les
» jours. Cher enfant, reviens à nous ;
» tu seras notre consolation et
» notre bâton de vieillesse, et Dieu
» qui nous a protégés jusqu'à pré-
» sent, m'accordera la grâce de ber-
» cer encore tes enfans : puisse-t-il
» te ramener bientôt dans nos bras !
» nous le prions pour toi soir et
» matin.

 » Ta bonne mère,
   MARIE WOLDAN. »

Avec un air soucieux, Woldan replia la lettre, la cacha, secoua la la tête, se leva, et recommençant sa marche : il fit quelques lieues en réfléchissant à la dernière partie de cette lettre. L'idée d'une belle jeune fille ne doit pas être effrayante pour un jeune homme qui pense à se marier ; mais cependant, malgré la bonne opinion qu'il avait des intentions de sa mère, il se permettait quelque doute sur ses jugemens en beauté ; il croyait qu'une femme, même une mère, n'est pas toujours le meilleur juge de ce qui peut plaire à un homme ; il avait vu, dans ses voyages, tant d'exemples d'unions mal assorties, d'époux malheureux, parce que leur goût n'avait pas été consulté, qu'il avait formé la réso-

lution de choisir lui-même sa compagne, et de ne consulter que son
inclination ; il avait l'idée que ce
projet pouvait contrarier les vues
de ses parens, et le mettre à leur
égard dans des situations pénibles.

Occupé de ses réflexions, il s'était
à peine aperçu que le jour avait
baissé et que les nuages s'étaient
épaissis. Tout-à-coup il se trouva dans
un petit vallon tout-à-fait solitaire,
entouré de bois, où l'on n'apercevait
aucune trace d'habitation ; le vol
rapide de quelques oiseaux qui rega-
gnaient leur gîte, le bruit des feuilles
dans les arbres qui bordaient la route,
et quelques grosses gouttes de pluie,
donnèrent un autre cours à ses pensées. Il parut certain, d'après les ren-

seignemens qu'on lui avait donnés
sur le chemin qui conduisait à la petite ville , qu'il s'était égaré ; il regarda de tous côtés et ne vit qu'un
épais rideau d'un nuage gris qui en-
veloppait en entier l'horizon. La pluie
augmentait à chaque instant, et bientôt ses habits furent percés , et l'eau
tombait à flots , tout autour de son
chapeau ; les arbres dépouillés de leurs
feuilles ne lui offraient pas un abri, et
la nuit qui s'avançait lui faisait craindre
de ne plus voir son chemin ; indécis ,
il s'arrêta un moment, prit enfin son
parti et s'engagea dans le bois qui était
devant lui, pendant une heure encore ;
le bruit continuel de la pluie sur le
feuillage , le cri des oiseaux sauvages,
et le sentiment toujours croissant
du froid , de la lassistude, de la

pesanteur de ses vêtemens, la crainte
de passer la nuit entière ainsi dans
la forét, rendaient sa situation très-
pénible. Lorsqu'au retour d'un long
voyage, assis au milieu de sa famille,
ayant devant soi un bon feu, et sur
la table une cafetière pleine ou un
potage bouillant, on entend au
dehors le bruit du vent et de la pluie,
on se rappelle avec plaisir qu'on y a
été exposé sans abri, sans espoir d'en
trouver, et celui où l'on est actuellement double de son prix, mais un
pauvre voyageur à pied, sur qui l'eau
tombe à grands flots, qui voit à peine
sa route au milieu d'un bois épais,
est peu disposé à jouir à l'avance de
cette consolation. Enfin, il s'aperçut
que l'obscurité diminuait, que le bruis-
sement de la pluie s'éloignait et qu'il

était près de sortir de ce bois : il
faut avoir été dans cette situation,
pour se représenter la joie de Woldan, lorsque quelques instans après
il entendit l'aboiement d'un chien,
puis celui d'autres chiens qui répon-
daient, et enfin le chant d'un coq;
à ces indices certains d'un lieu
habité, il doubla le pas, et à la
sortie du bois, il aperçut au-devant de
lui des maisons, plus ou moins éloignées, que les lumières lui faisaient
distinguer; il s'approcha de la première, et au travers d'une petite
fenêtre basse, il vit une lampe posée
sur une table, au-delà une porte
entr'ouverte laissait voir une cuisine
dont il pouvait distinguer le foyer;
une jeune fille était auprès, et paraissait occupée à faire cuire son pa-

tage ; la chambre, le feu, le potage,
la jeune fille, tout était fait pour
attirer un jeune voyageur mouillé et
fatigué : il frappe, et la jeune personne,
la lampe à la main, ouvre la porte ;
elle était mise simplement, mais avec
propreté, sa jolie figure était embellie
par deux grands yeux noirs, le teint de
la santé et un air d'affabilité et de bonté.
Woldan oublia tout ce qu'il venait
d'éprouver, il s'annonça comme un
voyageur égaré, demanda s'il était loin
de la ville, et s'il y avait une auberge
dans ce village. La ville est au moins
éloignée de trois lieues, répondit la
jeune fille ; il n'y a aucune auberge dans
ce hameau, mais dans le grand village au-delà du ruisseau, il y en a
une ; il pleut encore beaucoup, ajouta-t-elle, et le village est à plus d'un

quart de lieue, notre maison n'est pas une auberge, mais par ce mauvais tems, un voyageur égaré peut s'y reposer.

Plus Woldan regardait celle qui lui parlait avec un son de voix charmant, plus son émotion augmentait : de son côté, elle remarqua, sans peine, l'impression qu'elle faisait sur un jeune homme de la figure la plus agréable ; malgré le désordre où la pluie avait mis ses vêtemens, malgré l'eau qui coulait encore de ses longs cheveux noirs, détachés sur ses épaules ; Woldan n'en avait l'air que plus intéressant. Entrez, entrez, dit, en ouvrant la porte de la chambre, le père de la jeune fille qui avait entendu le dialogue ; entrez, jeune homme, et moi aussi, je sais ce que

c'est que de voyager, et d'être surpris par l'orage ; j'ai vu le monde
dans ma jeunesse, il n'y a pas long-
tems que je suis tranquille. Woldan,
entra, s'assit, raconta comment il
s'était égaré, et la conversation s'en-
tama sur les plaisirs et les incon-
véniens des voyages ; le vieillard
écoutait avec joie et curiosité, et
demandait au jeune homme d'où il
venait, et quelles villes il avait vues.
Quand il parla de Brême, où il avait
travaillé le plus long-tems, le front
ridé du vieux homme s'épanouit, il
tenditlamain à Woldan, et la secoua.
Ah ! la bonne ville que ce Brême !
dit-il, d'un ton attendri et joyeux,
la bonne ville ! Il fit questions sur
questions, et par bonheur, Woldan
avait demeuré long-tems chez un

maître menuisier de Brême qui avait été l'ami d'enfance de son hôte. Celui qui nous reporte vers les premiers jours de notre jeunesse, qui nous rappelle ce tems qu'on regrette, qui nous parle de ces amis qu'on aimait avec la chaleur du jeune âge, devient à l'instant un être intéressant, et presqu'un ami lui-même. Fais-nous un peu plus de feu, Léonore, dit le vieillard à sa fille; ensuite tu mettras la nappe, et tu nous donneras une bonne soupe, du beurre frais, des poires et du fromage; ce jeune homme soupera avec nous : il a été à Brême; il connaît mon ami, il restera avec nous. Il invita ensuite Woldan à ôter son habit mouillé, à le faire sécher auprès du feu, et dit à Léonore d'aller chercher un de

ses habits à lui. Le jeune homme
accepta la première partie de la pro-
position ; mais il refusa la seconde ;
il pensa rapidement qu'un des habits
du vieillard lui irait moins bien que
le sien. Il ouvrit donc son havre-
sac , et en tira un autre habit qui
annonçait que c'était un jeune homme
propre et rangé. Lorsqu'il fut habillé,
il revint auprès de son hôte, répondit
à toutes ses questions sur ses voyages,
lui fit récit sur récit des différens pays
qu'il avait vus ; il les entremêlait
de réflexions qui annonçaient un
esprit observateur et sage , et un cœur
excellent. Léonore allait et venait en
arrangeant la table , elle écoutait tout,
et de tems en tems ses jolis yeux noirs
se fixaient sur le raconteur : lorsqu'il
s'en apercevait , il s'arrêtait un instant,

et ne savait plus où il en était de son
récit ; puis il le recommençait sans
qu'elle en perdit un mot ; arrêtée sur
le seuil de la porte , une assiette ou
un verre à la main , elle admirait en
silence la simple éloquence du beau
et du bon jeune homme , et sa complaisance. Enfin , le repas fut achevé ,
ils restèrent assis tous les trois autour
de la petite table hospitalière. Woldan
se trouvait plus heureux qu'il ne l'avait
été de sa vie , et cependant chaque
regard qu'il jetait sur la jeune fille ,
chaque mot qu'elle prononçait, lui
causait une tristesse douce et involontaire ; il soupirait malgré lui , et
avec un mélange indéfinissable de
peine et de plaisir, il continuait ses
récits , et l'émotion de son cœur
donnait encore plus d'expression à

ses paroles , mais à chaque instant
la tristesse prenait le dessus.

Quel est celui qui après une conversation agréable avec un homme
instruit et bienveillant , après une
heure passée à côté d'une fille aimable
et belle, n'éprouve pas un vif sentiment de tristesse , en pensant qu'il va
les quitter , et qu'il ne les reverra
peut-être jamais ? alors un sentiment
vague et confus des courts plaisirs de
cette vie , des momens de bonheur
passés sans retour , de l'incertitude
de l'avenir , serre le cœur et fait
couler les larmes. C'était ce genre
d'émotion que Woldan éprouvait, et
la chaleur qu'il donnait à ses discours
se communiquait à ses hôtes.

Jamais roi n'a fait un aussi excellent
repas que moi , ce soir, dit Woldan

avec un ton de sensibilité naïve ; le
vieillard et sa fille sourirent, et le
vieillard lui donna un petit coup
d'amitié sur l'épaule. Il était excellent,
en effet, ce repas simple, apprêté par
Léonore, servi par Léonore, et
mangé à côté d'elle ; sans y songer,
elle avait choisi les meilleures et les
plus belles poires. Etrangers les uns
aux autres, ignorant même leurs
noms, ils étaient autour de cette
table, comme trois bons et anciens
amis. Comment ne pas aimer un hôte
qui sent aussi vivement le bien qu'on
lui fait, et qui le paie par une conversation aussi intéressante ? pensait
Léonore, et le vieillard ne laissait
pas tomber l'entretien ; Woldan ne
se lassait pas de répondre, et n'était
plus interrompu par un regard subit

jeté sur la jeune fille, car, tout en
parlant au père il la regardait sans
cesse. Woldan n'était pas causeur
naturellement, et ce soir-là il ne
pouvait se taire. L'amour varie dans
ses effets, quelquefois il ôte la parole,
d'autres fois il est extrêmement ba-
billard. Sans se l'avouer à lui-même,
Woldan avait le désir de plaire à
Léonore ; il la voyait écouter avec
intérêt, et sourire à ces récits. Woldan
alors causait encore et causait bien,
car rien n'anime comme le désir de
plaire, et l'espoir d'y réussir. Dès
que Léonore eut fini de souper, elle
prit son rouet, et commença à filer
à côté de la table ; mais plus d'une
fois la roue s'arrêta, et le fil dans ses
jolis doigts : les yeux fixés sur Woldan, elle commençait à se rendre

raison de ce qu'il lui faisait éprouver ;
tout dans ses récits annonçait un sens
si droit, un cœur si sensible , tant de
vénération pour les femmes , tant
d'horreur pour le vice et la fausseté !
Il raconta au vieillard , comment un
jeune garçon de Brême avait trompé
une pauvre fille , comme elle s'était
jetée dans un puits , et les affreux
remords de son séducteur ; ses expres-
sions étaient si touchantes ! Des larmes
parurent dans ses yeux , celles de
Léonore coulèrent en abondance....
Pauvre Léonore ! elle sentait son
cœur s'attacher fortement au bon
jeune homme ; et moi aussi, pensai-
elle , moi aussi, je voudrais mourir.

L'horloge de bois frappa neuf
heures, Woldan se leva et sortit de
la cabane pour voir comment était

le tems : le ciel s'était éclairci, mais
l'ame du jeune voyageur était enveloppée de sombres nuages ; il sentit
que cette soirée allait lui coûter le
bonheur de toute sa vie. Dieu! pensait-il, qu'est-ce que mes parens ont
fait ; non ! je ne puis plus aimer la
jeune fille qu'ils me destinent ; je
veux aller, je veux le leur dire ; dès
demain je reviendrai ici, et..... Ce
qu'il voulait y faire resta confusément
dans son ame.

Pendant ce tems-là, le vieillard
dans la chambre réfléchissait tristement aussi sur cette rencontre ; il
avait vu les larmes de sa fille ; il remarqua le regard plein d'intérêt
qu'elle avait jeté sur le jeune homme
lorsqu'il était sorti. Léonore, lui dit-
il, ce jeune étranger paraît honnête,

mais rappelle toi que tu es promise...
Woldan rentrait, il entendit le profond soupir qui fut la seule réponse
de Léonore; elle se remit à filer, et
ne regarda plus que son rouet. Le
tems est beau, et la nuit n'est pas
trop noire, dit-il : il faut que j'aille
à la ville, il faut que je voie mes
parens ce soir; mais, si vous le per-
mettez, je reviendrai bientôt. — Vos
parens ? vous avez donc des parens
ici ? je vous croyais un étranger
voyageur; qui est votre père? — Le
vieux menuisier Woldan. — Woldan!
quoi ! Woldan ! s'écria le vieillard,
Dieu soit béni mille fois ! c'est lui qui
vous a amené ici, vous êtes mon
cousin, et bientôt, bientôt.... Il lui
serrait les mains avec force et tendresse. Et Léonore, Léonore, rouge

*

comme une rose de mai, quitta lentement son rouet, s'approcha aussi,
prit aussi la main de Woldan, et put
à peine dire avec une voix tremblante :
soyez le bien venu, cher cousin. —
Votre père ne vous a-t-il jamais rien
écrit à notre sujet? reprit le vieillard,
c'est mon meilleur ami, il aime beaucoup ma fille, et..... souvent, déjà
nous avons parlé ensemble de nos
enfans. Léonore se tourna, elle alla
rattacher le ruban de sa quenouille
qui ne se détachait point. Vîte, Léonore, lui dit son père, va préparer
le lit de la petite chambre, le cousin
reste avec nous ce soir, et demain
nous irons tous ensemble à la ville.
Quelle surprise pour papa Woldan !
disait-il en se frottant les mains, ils

ne vous attendent que dans quinze
jours.

La jeune fille, légère comme un
oiseau, courut à la petite chambre,
bientôt le lit du cousin fut préparé,
bientôt elle est auprès de lui, l'appelle son cher cousin, et puis son
cher Christian, et puis son bon ami.
Elle éprouvait un bien aise... comme
si on eût ôté une pierre de dessus sa
poitrine, et qu'on y eût mis des fleurs
à la place. Woldan se taisait alors, à
force de sentir, il ne trouvait plus
de paroles, il se croyait au ciel, et...
mon histoire est finie.

Pendant que je l'écris, une famille
heureuse, une réunion joyeuse, célèbre à côté de moi, dans la cabane
du village, le lendemain des noces
de Woldan et de Léonore; et je

laisse à décider aux jeunes gens qui
se sont mariés suivant leurs cœurs ,
et aux parens qui ont marié leurs
enfans suivant leur goût , lesquels
sont les plus heureux.

LE MONASTÈRE
DE SAINT JOSEPH.

Tiré d'un ouvrage inédit de Goëthe.

~~~

PREMIER FRAGMENT.
La fuite en Egypte.

WILHELM faisait sa promenade du soir, dans les montagnes, avec son fils Félix, âgé de dix ans; pendant que l'enfant courait çà et là, le père s'assit au pied d'un immense rocher qui formait un des angles de l'étroit sentier en zig zag, par lequel on gravissait avec peine le sommet

de la montagne. Cette place située
à peu près à la moitié du chemin,
était très-remarquable ; au-dessus
de lui des rocs entassés les uns sur
les autres, sans autre verdure que
celle des maigres buissons croissant
dans les fentes ; à ses pieds un abîme
dont l'œil ne pouvait pénétrer la
profondeur, et duquel s'élevaient,
à des hauteurs inégales, des sapins
immenses, étendant au loin leurs
branches entrelacées : les rayons du
soleil perçaient à travers leurs som-
mités élancées dans les airs et formaient des accidens de lumière et
d'ombre, dont l'effet était singulier.
Wilhelm admira long-tems ce beau
désordre de la nature et ces contrastes, puis tirant son porte-feuille
il écrivait quelque lignes, lorsqu'il

entendit venir à lui son petit Félix;
l'enfant tenait à la main une de ces
pierres que l'on trouve souvent dans
les montagnes et qui paraissent dorées.

Comment nomme-t-on ces belles
pierres, mon père, lui dit-il en la
lui montrant?

Je ne le sais pas, mon fils, répondit
Wilhelm.

Est-ce de l'or ce qui est si brillant?

Non, ce n'en est pas... Ah! je me
souviens que les gens de la campagne
le nomment *or de chat*.

Or de chat, dit l'enfant en souriant, et pourquoi?

Vraisemblablement parce qu'il est
faux, et qu'on accuse les chats de
fausseté.

Il faudra que j'écrive cela, dit
Félix en mettant la pierre dans sa

poche, avec celles qu'il avait déjà
ramassées; à peine l'eut-il cachée
qu'ils furent surpris d'une apparition
singulière dans un lieu où jamais on
ne rencontrait personne. A l'angle
opposé de celui où ils étaient, ils
virent deux jeunes garçons un peu
plus grands que Félix, plus beaux
que le jour, et vêtus d'une manière
bizarre; ils portaient des espèces de
jaquette de couleurs bigarrées, qu'on
aurait dit être des chemises retroussées; leurs têtes étaient nues; autour
de celle de l'aîné une chevelure
blonde retombant en belles boucles
sur son front et sur son cou, attirait
d'abord les regards, qui se portaient
ensuite sur de charmans yeux bleus,
et sur une physionomie vraiment
angélique. L'autre, non moins beau,

mais n'ayant pas l'air d'être frère
du premier, avait des cheveux d'un
beau brun, qui tombaient en on-
doyant sur ses épaules, se parta-
geaient sur son front et semblaient
se réfléchir dans deux grands yeux
de la même couleur ; son teint brun
était animé, ses lèvres vermeilles
et souriantes. Tous les deux lestes,
agiles, paraissant à peine effleurer le
roc sur lequel ils couraient, donnaient absolument l'idée des anges
qui visitaient nos premiers parens
dans le jardin d'Eden; ils portaient
sous leur bras des faisceaux de roseaux
avec leurs palmes fleuries, ce qui
formait des espèces d'ailes et ajoutait
à l'illusion : mais un panier qu'ils tenaient à la main à demi plein de
vivres, ramenait à des idées plus

terrestres. Ils s'arrêtèrent lorsqu'ils
aperçurent Wilhelm et son fils,
avec l'air aussi surpris que ceux-ci
l'avaient. A peine avait-on eu le
tems de se regarder mutuellement
à quelques pas de distance, que l'on
entendit une voix mâle et sonore
qui venait du sentier au-dessus, et
qui criait : Pourquoi vous arrêtez-
vous, enfans? ne nous barrez pas
le chemin. Wilhelm leva la tête,
et ce qu'il vit détourna son attention
des jeunes gens qui continuèrent leur
route, suivis par Félix. Un homme
parut à l'angle du sentier, dans la
force de l'âge. On pouvait lui donner
tout au plus trente-cinq ans ; il n'était
pas très-grand, mais fort et bien
proportionné ; il avait le teint hâlé,
des cheveux et des yeux noirs,

quelque chose de franc et d'ouvert qui inspirait la confiance. Il conduisait avec précaution un âne, qui montra d'abord sa grosse tête et ses longues oreilles, puis ensuite son charmant fardeau, une femme d'une grande beauté; elle était assise sur une selle à l'anglaise, bien sanglée, et enveloppée d'un grand manteau bleu, dans lequel elle tenait un un enfant de quinze jours au plus, qu'elle serrait contre son sein, en le regardant de ce regard si tendre et si doux qui n'appartient qu'à une mère, son beau visage, d'un ovale parfait, était entouré d'un mouchoir rayé, noué sous le menton; son sourire avait quelque chose d'aimable et de sensible. Le conducteur de cette petite caravane eut l'air aussi

fort étonné de trouver quelqu'un
dans ce chemin escarpé et solitaire :
l'âne s'arrêta, alongea son cou, et
se mit à braire; mais la pente dans
cet endroit était si rapide et le tour-
nant si aigu, qu'il lui était presque
impossible de se retenir. L'homme
occupé à guider avec précaution la
bête, et la femme à préserver son
enfant, passèrent en silence devant
Wilhelm, qui se colla contre le
rocher pour ne pas les gêner, et
les eût bientôt perdus de vue; mais
sa curiosité était fortement excitée
sur ces singuliers voyageurs, il ne
pouvait comprendre d'où ils venaient,
où ils allaient dans cette route presque
impraticable, et il était tenté de les
prendre pour des êtres fantastiques.
Il s'avança autant qu'il le put au bord

de l'abîme pour regarder s'il ne les verrait point quelque part ; les angles rentrans du rocher les lui cachaient ; enfin il aperçoit l'âne qui paraissait suspendu dans les airs, sur ce sentier si étroit qu'à peine y avait-il de place pour ses quatre pieds et pour les pas de l'homme. Au moment où il les aperçut, il vit aussi Félix remonter, en courant, le sentier : Mon père, lui cria-t-il, veux-tu me permettre d'aller avec ces deux enfans dans leur maison ? ils disent que ce n'est pas loin et qu'elle est si drôle à voir. Tu devrais aussi y venir avec moi ; l'homme me l'a dit : je t'en prie, mon bon papa, allons-y ; ces enfans sont si bons !

Je veux au moins aller leur parler, dit Wilhelm. Il les joignit dans une

place un peu moins rapide, où ils
s'étaient arrêtés un moment; il put
alors remarquer mieux qu'il ne l'avait
fait d'abord cette famille extraordinaire. L'homme était vêtu en
longue veste bleue taillée à l'antique,
rattachée autour du corps par une
large ceinture d'étoffe; il avait un
tablier de cuir, une hache attachée
sur une de ses épaules avec une
grande équerre en fer. Tout cet
attirail semblait indiquer un charpentier. Sa femme sous son manteau
bleu laissait entrevoir un vêtement
d'un rose tendre croisé sur sa poitrine. L'enfant enveloppé dans les
langes promettait d'être aussi beau
que ses frères, et ressemblait à un
petit ange endormi. Wilhelm con-
sidérait ce groupe qui ne paraissait

pas lui être étranger, et qui lui retraçait quelque chose qui l'avait déjà
frappé. Tout-à-coup il se rappela un
tableau de la sainte famille fuyant
en Egypte qu'il avait souvent vu peint
et gravé, et qu'il croyait à présent
voir en réalité; l'homme était un
peu plus jeune qu'on ne représente
St. Joseph, mais sa figure était de
même caractère; il était aussi charpentier, et les figures de sa femme
et de l'enfant qu'elle tenait dans
ses bras donnaient l'idée d'une
madone, telle que les peintres la
représentent : ce rapport l'absorba
tellement qu'il restait devant eux en
silence saisi d'un espèce de respect
involontaire. L'homme prit la parole
et lui dit de l'air le plus affable :
Nos jeunes gens ont déjà fait amitié,

à cet âge on se lie aisément ; venez avec
nous, monsieur, essayons si au nôtre
nous ne trouverons pas aussi quelques bons rapprochemens. Sans trop
réfléchir, Wilhelm lui répondit qu'il
éprouvait déjà cette sympathie : votre
petit train de famille, lui dit-il, m'a
vivement intéressé, et, je vous l'avoue,
m'a inspiré une grande curiosité de
vous connaître, et de savoir, ajouta-
t-il en souriant, si vous appartenez
à cette terre, ou si vous n'êtes point
des génies qui s'amusent à parcourir
et à animer ces déserts, en rappelant
des idées vraiment célestes.

Venez dans notre demeure, dit
encore le charpentier, et vous ap-
prendrez à nous connaître.

Venez, ô venez, dirent les enfans
qui tenaient déjà Félix entrelacé en-

tr'eux deux, et leurs trois jolies têtes ainsi rapprochées formaient un charmant tableau.

Venez avec nous, dit aussi la mère avec son beau regard, son aimable sourire, et sa physionomie modeste et sereine, en détournant un instant son attention de dessus son nourrisson en faveur de l'étranger.

J'en aurais le plus grand désir, répondit Wilhelm, mais ce soir cela ne m'est pas possible, et j'en suis très-fâché; il faut absolument que je retourne passer la nuit dans mon auberge; mon portemanteau, mes papiers, tous mes effets sont là épars et dispersés; je dois aller les renfermer; mais pour vous prouver ma bonne volonté et la confiance que vous m'inspirez, je vous laisse mon Félix pour cette nuit, si vous voulez

Tome I.

Z

le recevoir, et demain matin je
viendrai le reprendre. A quelle
distance est votre demeure?

Nous y serons avant le coucher
du soleil, répondit le père, elle
est environ à une lieue et demie
de votre auberge; votre garçon sera
le bien venu chez nous, et les nôtres
biens contens de l'avoir avec eux;
demain vous le rejoindrez. En disant
cela, l'homme et la bête reprirent
leur allure et se remirent en chemin.
Wilhelm ne put s'empêcher de sourire
en voyant la joie avec laquelle les
trois jeunes gens descendaient en
courant et sautant les rochers; les
deux étrangers soignaient Félix et
veillaient à ce qu'il ne courût aucun
danger; il semblait à Wilhem que
son fils était conduit et gardé par

deux anges, et cette idée plaisait
à son cœur paternel. Félix avait
l'air si heureux, il s'était d'abord
emparé de la moitié de la charge
de roseaux de l'un de ses compagnons
et du panier de l'autre, et s'en allait
fier de porter aussi quelque chose.
Perdu dans cette contemplation intéressante, Wilhelm se souvint enfin
qu'il avait oublié de demander à
l'homme son nom et celui de sa
demeure ; il se rapprocha du bord
du sentier, les aperçut au-dessous
de lui à une assez grande distance ;
il cria de toute sa force : sous
quel nom dois-je m'informer de vous
pour vous rejoindre demain ?

Demandez seulement saint Joseph,
lui répondit-on ; et la bête et son
conducteur, et la femme et les enfans

disparurent les uns après les autres,
comme si des nuages les eussent
enveloppés.

Saint Joseph ! répétait Wilhelm
avec étonnement ; il ne savait s'il
ne venait pas d'avoir une apparition
de la sainte famille, et regardait la
facilité avec laquelle il avait laissé
aller son fils avec des inconnus comme
une espèce d'inspiration involontaire ;
il n'éprouvait pas là-dessus la moindre
inquiétude. Rempli d'idées singulières
il remonta la montagne avant la nuit
qui s'avançait ; le soleil se coucha
et se releva pour lui plus d'une fois ;
après l'avoir perdu il le retrouvait
en s'élevant, et il faisait encore très-
clair au-dessus de la montagne quand
il y arriva. Il s'informa dès le même
soir d'un guide pour le conduire le

lendemain chez *saint Joseph* ; il
apprit alors que c'était un ancien
monastère à demi-détruit qui portait
ce nom, et qui était situé au pied
de la montagne ; cela calma son
imagination. Il s'enferma dans sa
chambre, prit la plume, et écrivit
à sa chère Natalie les détails de cette
journée.

SECOND FRAGMENT.

Saint-Joseph.

Le lendemain Wilhelm parti de
bonne heure et descendit la montagne
en suivant pas à pas son guide ;
ayant laissé derrière eux la route
étroite pratiquée dans les rochers,
ils arrivèrent aux montagnes secon-
daires où le chemin moins rapide

passait tantôt au milieu de bois épais
de sapins, tantôt au travers de prairies
verdoyantes, où paissaient en liberté
des troupeaux de vaches : bientôt
ils eurent la vue d'une belle vallée, à
l'entrée de laquelle se trouvait un
immense bâtiment, moitié en ruines,
qui paraissait avoir été jadis un grand
couvent avec toutes ses dépendances,
et dont l'effet était très-pittoresque.

Voilà Saint-Joseph, dit le guide ;
quel dommage, une si belle église !
Voyez, Monsieur, ces belles colonnes
de marbre, ces pilastres qui brillent
au soleil, couchés par terre entre
les arbres et les buissons depuis
plus de cent ans. En effet, la grandeur
des arbres autour des ruines attestait
leur ancienneté.

L'habitation est mieux conservée,
dit Wilhelm.

Oui, répondit le guide ; il demeure
là un intendant chargé de la soigner
et de percevoir les rentes des terres
qui sont considérables, et qu'il envoie
bien loin d'ici à un prince qui en
est possesseur.

En discourant ils arrivèrent devant
un grand portail ouvert , qui les
conduisit dans une cour spacieuse
toute entourée de bâtimens antiques,
et remplie d'instrumens d'agriculture :
dans un coin était le joli trio ; Félix
jouant avec les deux anges ; ils vinrent
à lui en courant, Félix pour embrasser
son père , ses deux nouveaux amis
pour lui souhaiter la bien-venue.

Le père sera bientôt là, dirent

les jeunes garçons; venez en l'attendant vous reposer dans la salle.

Oui, mon père, viens dans la
salle, dit Félix, tu verras comme
elle est singulière.

Wilhelm les suivit dans ce qu'ils
appelaient la salle ; ils passèrent au
travers d'une haute porte voûtée,
et à son grand étonnement il se
trouva dans une chapelle gothique,
très-élevée, avec de hautes fenêtres
étroites et ceintrées, garnies dans le
bas et dans le haut de vitraux coloriés ;
mais au lieu d'être destinée à son
antique usage, elle était arrangée pour
la vie ordinaire d'une famille ; d'un
côté, était une grande table, autour
des chaises et des bancs; de l'autre
côté, un buffet de cuisine garni
d'ustensiles en poterie très-propres

et de gobelets. Entre toutes les fenêtres qui divisaient la chapelle en
trois parties, et tout autour du mur,
à une moyenne hauteur, régnait
une boiserie couverte de peintures,
qui attirèrent d'abord l'attention de
Wilhelm ; il eut bientôt vu que c'était
toute l'histoire de Joseph, non pas
celui qui fut vendu par ses frères,
mais l'époux de la mère du Sauveur.
Dans le premier panneau, on le
voyait occupé à son métier de charpentier ; dans le second, il se fiençait
avec Marie ; un lis croissait entre
eux deux, et des anges tenant des
couronnes, voltigaient au-dessus de
leurs têtes ; plus loin, on le voyait
assis, rêveur et chagrin, ne sachant
s'il devait abandonner son épouse ;
ensuite il était représenté endormi ;

et à côté de lui l'ange qui lui apparut
en songe pour le rassurer. Dans un
autre panneau on le voyait dans une
pieuse contemplation devant le
nouveau né, dans la crêche à
Bethléem; mais le plus beau de
tous, qu'on ne pouvait regarder
sans émotion, représentait St. Joseph
travaillant, entouré de sa femme,
du saint enfant et des outils de sa
profession; le hasard en avait placé
deux à terre en forme de croix,
l'enfant s'était endormi dessus; sa
mère assise à côté le regardait avec
un amour ineffable, et St. Joseph
cessait son travail pour ne pas troubler
le repos du divin enfant. Venait
ensuite la fuite en Egypte, et Wilhelm
ne put s'empêcher de sourire en
voyant exactement l'image de sa

rencontre de la veille. Il était encore
à l'examiner quand son hôte entra,
et bientôt il reconnut le conducteur
de la caravane ; ils se saluèrent cor-
dialement et parlèrent de choses
et d'autres , mais les regards de
Wilhelm étaient toujours fixés sur
les peintures; son hôte le remarqua
et lui dit en souriant : Je parie que
vous êtes surpris du rapport de ce
bâtiment avec ceux qui l'habitent,
et de votre rencontre d'hier avec
un de ces tableaux ? Peut-être y en
a-t-il plus encore que vous ne le
pensez; mais cela s'explique naturellement, c'est le bâtiment qui a
produit l'habitant.

J'entends, répondit Wilhelm ; il
n'est pas étonnant que l'esprit créateur,
qui dans les siècles passés éleva au

milieu de ces déserts et dans ces
montagnes un bâtiment aussi immense, qui cultiva les possessions
qui l'entourent, qui répandit autour
de lui les lumières et la civilisation,
ait encore même dans ses ruines
une grande influence sur les hommes
qui l'habitent maintenant.

A peine son hôte avait-il ouvert
la bouche pour lui répondre, qu'une
voix de femme, d'une douceur remarquable, se fit entendre dans la cour
en appelant Joseph; l'homme s'arrêta, ouvrit la porte et sortit un instant.
Il s'appelle donc Joseph, dit Wilhelm
en lui-même; nouveau rapport,
nouvel étonnement! Il jeta un regard
du côté de la porte, et vit la belle
femme de la veille dégagée de son
manteau bleu et tenant son enfant

sur ses bras ; elle n'entra pas dans
la salle, et continua son chemin
dans la cour. Ah ! Marie, encore
un mot, cria Joseph ; et elle revint.

Elle s'appelle Marie, pensa Wilhelm, et il lui semblait qu'il rétro-
gradait de dix-huit siècles ; cette
vallée mystérieuse, ces ruines, ce
silence, l'antiquité de cette chapelle,
tout lui donnait les idées les plus singulières ; il était tems que son hôte et
les enfans vinssent le rendre à lui-
même. Les derniers lui proposèrent
une promenade pendant que *le père*
était encore occupé de quelques affaires ; ils le menèrent visiter les ruines
qui attestaient l'ancienne magni-
ficence de cet édifice ; une quantité
de colonnes, de pilastres, de frises,
de chapiteaux, de débris d'une su-

perbe architecture, reposaient couchés entre des arbres énormes dont
les racines serpentaient au loin parmi
les ruines ; des lierres s'élevaient autour de leur tronc, et retombaient
sur les pans de murs dégradés, en
formant aussi des voûtes de verdure,
qui remplaçaient celles de marbre ;
une mousse épaisse recouvrait quelques-uns de ces monumens et en
formait des siéges moelleux. Un sentier tortueux, tracé dans la prairie,
suivait le cours d'un ruisseau limpide,
et remontait sur une colline, d'où
Wilhelm put jouir de la vue entière
de l'antique bâtiment qui lui inspirait
un vif intérêt par son harmonie avec
ses habitans, et avec tout ce qui
l'environnait ; et sa curiosité était
toujours plus excitée.

Ils rentrèrent et trouvèrent la table dressée dans la chapelle ; un fauteuil de forme antique était au-dessus, Marie s'y plaça ; elle avait à côté d'elle une haute corbeille en osier, où le petit était couché endormi : Joseph s'assit à sa gauche, Wilhelm à sa droite ; les trois jeunes garçons garnirent le bas de la table. Une vieille servante apporta des mets simples, mais appétissans; les ustensiles, les gobelets, tout avait la forme des tems passés. Les enfans tinrent la conversation; Wilhelm était silencieux, il ne pouvait détourner son attention de tout ce qu'il voyait, et surtout de son hôtesse, dont la physionomie céleste, recueillie et sereine était si bien à l'unisson avec son nom.

'Après le dîner elle les quitta pour
s'occuper de son enfant et de son
ménage ; les jeunes gens allèrent
jouer dans la cour, et Joseph mena
son convive dans une place charmante au milieu des ruines , d'où
l'œil embrassait toute l'étendue du
vallon et les montagnes basses garnies
de forêts. Ils s'assirent sur un vaste
pilastre recouvert de mousse : il est
juste, dit l'hôte à Wilhelm, de satisfaire votre curiosité , et je m'y prête
d'autant plus volontiers que vous me
paraissez disposé par votre caractère
à saisir tout ce qui tient à un but
sérieux et religieux.

Cet établissement ecclésiastique,
dont vous voyez les restes, est extrêmement ancien ; il était originaire-
ment consacré à la sainte famille, et

fameux par des pélerinages et par
plusieurs miracles ; l'église était particulièrement dédiée à la mère et au
fils, elle est détruite depuis plusieurs
siècles. La chapelle que vous venez
de voir, l'étoit au père adoptif
St. Joseph, elle s'est conservée de
même que la partie habitable du
couvent; les terres qui en dépendent
appartiennent à présent à un prince
laïque qui y tient un intendant pour
percevoir les revenus, et cet intendant c'est moi : j'ai succédé à mon
père, à mon grand père, et à mon
bisayeul, qui tous ont rempli cet
emploi lucratif.

Notre famille est donc redevable
de son bien-être à saint Joseph, et
quoique le culte qu'on lui rendait
dans cette chapelle ait cessé depuis

long-tems, il n'en est pas moins re-
gardé toujours comme notre protec-
teur et notre patron ; on me donna
pour cette raison le nom de Joseph
au baptême, et ce nom a eu certainement une grande influence sur ma
vie. Je grandis au milieu des souvenirs de *mon saint parrain ;* c'est
ainsi que ma mère, femme très-
pieuse et dévote à saint Joseph, le
nommait toujours en m'en parlant :
elle m'employait continuellement à
porter de tous côtés les charités et
les secours qu'elle distribuait aux
habitans des montagnes ; elle était
connue et chérie de tous comme
leur bienfaitrice ; grâce à ses soins,
personne n'était en souffrance ; elle
envoyait à l'approche de l'hiver des
vêtemens chauds, des couvertures,

des provisions d'alimens à tous ceux
qui pouvaient en avoir besoin; son
active bienfaisance pénétrait dans les
demeures les plus reculées, les plus
inaccessibles, et moi jeune garçon
reçu par ces bonnes gens quand j'ar-
rivais chez eux chargés de ses dons,
comme un envoyé de Dieu, comme
les patriarches recevaient les anges,
j'étais charmé de faire ces commissions; je m'en acquittais avec un zéle
extrême. En général, j'ai remarqué
que les habitans des montagnes sont
plus humains, plus disposés à la
bienveillance les uns envers les autres
que ceux de la plaine; les possessions
étant plus éloignées les unes des
autres ne sont pas des sujets de
querelle, chacun donne à son prochain le secours qu'il espère en re-

cevoir au besoin; l'habitude des chemins difficiles diminue la peine d'une
course pour rendre un service, et
cependant en augmente le mérite.
Il y a aussi plus d'égalité, et par
conséquent plus d'amitié; chacun est
obligé de faire usage de ses mains
et de ses pieds. Le même individu
est ouvrier, messager, porte-faix;
ainsi chacun peut aider son prochain
d'une manière ou d'une autre, sans
se faire tort à lui-même : peut-être
aussi qu'un air plus pur, plus élevé,
a quelque influence sur la sérénité
de l'ame. Quoiqu'il en soit, ma mère
se trouvoit heureuse de pouvoir faire
un peu de bien, et moi d'être son
messager; nous bénissions ensemble
St. Joseph qui par sa bénédiction
et les bénéfices attachés à la maison

qui portait encore son nom nous en
donnait les moyens. J'étais bien jeune
encore, mes épaules n'avaient pas la
force de porter dans la montagne
tout ce dont ma mère aurait voulu
les charger; j'élevai un petit âne,
auquel j'attachais deux corbeilles,
et que je dressais à grimper les sen-
tiers les plus difficiles. L'âne n'est
pas, dans les montagnes, un animal
aussi méprisable que dans la plaine.
Le valet de charrue, avec deux che-
vaux, se croit beaucoup plus que
celui qui laboure avec des bœufs,
et celui-ci regarde en pitié le triste
possesseur d'un âne. Pour moi, je
les respectais d'autant plus que
j'avais vu, dans les tableaux de la
chapelle, qu'un âne avait eu l'honneur
de servir de monture à la sainte mère

du Sauveur, et au Sauveur lui-même lors de sa fuite en Egypte; grâce à ces peintures, toute cette partie de nos livres saints m'était très-familière. Quoique la chapelle ne fût pas dans l'état où elle est actuellement, elle était devenue, par le laps de tems, une espèce de serre où l'on mettait tout ce qui ne sert pas habituelle-ment; des bois de réserve, des échelles, des tonneaux, des usten-siles de toute espèce la remplissaient confusément; par bonheur les ta-bleaux étaient trop élevés pour pouvoir être facilement gâtés; ce-pendant quelques-uns ont souffert de ce désordre, mais dès mon en-fance je cherchais à les préserver, à en éloigner ce qui pouvait leur nuire. Un de mes plus grands plaisirs

était de grimper sur ce qui les entourait pour parvenir à les regarder;
je me perdais dans cette contemplation, et je pris ainsi le goût le
plus décidé pour tout ce qui tient
à l'antique, en vêtemens, meubles,
ustensiles, enfin à tout ce que je
voyais dans ces peintures. J'en pris
aussi pour le métier que mon parrain
avait exercé, il me semblait que
saint Joseph était plus que mon
parrain; je le regardais comme un
père, comme un modèle, que je
résolus d'imiter autant qu'il me serait
possible. Une des conditions attachées à la place de receveur était
qu'il sût un métier; mon père qui
désirait vivement que je lui succé-
dasse dans cette charge avantageuse,
voulut m'apprendre le sien; il était

tonnelier, je l'aidais autant que je
le pouvais ; j'allais lui chercher les
bois qui lui étaient nécessaires, je
liais les cercles; mais dès que je pus
avoir une volonté positive, je déclarai
que je voulais absolument être charpentier. Mon père y consentit d'autant plus volontiers qu'il n'y a pas
de vocation plus utile pour entre-
tenir ee bon état de vieux bâtimens,
dans un pays rempli de bois tel que
celui-ci; on est naturellement conduit à le travailler, le charpentier
devient facilement menuisier , et
même sculpteur. Nous en avions un
très-habile dans le voisinage ; ainsi
sans quitter mes parens, je pus commencer mon apprentissage; j'en avais
une grande impatience; je ne quittais
mon ouvrage que pour faire, dans

mes momens de liberté, les commissions bienfaisantes de ma mère,
et j'y consacrais principalement les
jours de fêtes.

Ainsi s'écoula ma première jeunesse, et vous voyez que je n'avais
pas tort qnand je vous disais que
c'est le bâtiment qui a fait l'homme.

TROISIÈME FRAGMENT.

La Visitation.

Quelques années se passèrent ainsi,
continua le narrateur; j'avais bien
appris mon métier (de charpentier)
mon corps s'était fortifié par le travail, je pouvais tout entreprendre et
supporter les plus grandes fatigues :

Tome I.   8

je ne cessais de travailler que pour
aller, monté sur ma petite bête,
visiter de la part de ma mère les
nécessiteux et les malades. Mon maître
était content de moi, mes parens aussi ;
bientôt j'eus le plaisir dans mes pélerinages de passer devant des maisons
nouvelles que j'avais aidé à élever
et que j'avais surtout ornées ; je
m'entendais fort bien à sculpter les
parois, à marquer les poutres avec
des fers rouges de toutes sortes de
figures ; je les peignais ensuite
en différentes couleurs, j'écrivais
dessus des passages de la Bible, et
on reconnaissait bientôt les habitations
où j'avais travaillé, et auxquelles je
donnais cet air si gai, si agréable
qu'on remarque dans les maisons en
bois des montagnes ; j'y réussissais

d'autant mieux que j'avais toujours présent à l'esprit le trône du roi Hérode, si bien travaillé par mon saint parrain, comme je l'avais vu dans un des tableaux.

Dans le nombre des pauvres ou des malades soignés par ma mère, se trouvaient au premier rang les jeunes femmes qui devaient bientôt donner la vie à un petit être, ou qui déjà l'avaient mis au monde; par respect pour ma jeunesse on mettait toujours un peu de mystère dans les messages de ce genre dont j'étais chargé. On ne m'envoyait pas alors directement; les secours passaient par une bonne femme qui demeurait au pied de la montagne, et qu'on nommait Dame Elisabeth.

Ma mère était très-entendue dans

l'art utile d'aider les femmes dans
cette époque intéressante où elles
doublent leur existence ; Dame
Elisabeth la secondait à merveille,
et la plupart de nos robustes ont
été reçus par l'une d'elles à leur
entrée dans le monde, et leur doivent
l'existence ; elles correspondaient continuellement ensemble sur toutes
les naissances et j'avais de fréquens
messages à faire chez Dame Elisabeth.
Sa petite maison si propre, si retirée,
sa figure, et ses vêtemens antiques,
l'obscurité de ses réponses et de ses
commissions à ma mère me la faisait
paraître comme un être extraordinaire, et sa demeure était pour
moi comme un petit sanctuaire ;
j'avais un grand respect pour elle,
et je la regardais comme une espèce

de prophétesse. Peu à peu mes
connaissances et mon travail me
donnèrent une grande influence dans
ma famille; mon père, comme tonnelier avait soin des caves, et moi
comme charpentier, j'avais soin des
vieux bâtimens; j'entretenais les
toits, je réparais les parties endom-
magées des charpentes: je rendis à
l'usage habituel des granges et des
remises, dont on n'osait plus se
servir, crainte de les voir s'écrouler.
Quand cela fut fait, je commençai
à m'occuper de ma chère chapelle,
je la déblayai, je la nettoyai, et dans
peu de tems elle fut en ordre, et
presque telle que vous la voyez
maintenant; je réparai toute la portion des boiseries qui avait souffert;
mais dans toutes ces réparations, je

n'épargnai ni mon temps, ni ma peine,
pour qu'on ne s'aperçût pas qu'on
y avait touché, et pour donner à
mon travail l'air aussi ancien que le
reste. Vous avez vu la grande porte
d'entrée qui vous a frappée par son
air d'antiquité ; eh bien ! elle est
presque toute de mon ouvrage ,
pendant plusieurs années j'ai consacré tous mes momens de loisir à
la sculpter, de même que le panneau
conservé. Je m'arrangeai avec un
vitrier à qui je fis des bois de fenêtre
pour une maison neuve, tandis qu'en
échange il remettait aux fenêtres de
ma chapelle , tous les petits carreaux
garnis de plomb qui avaient été
brisés. Enfin elle redevint ce qu'elle
avait été jadis. J'en étais enchanté,
il me semblait que je la consacrais

de nouveau à mon parrain St. Joseph ;. j'y passais, surtout pendant l'été , tous les momens dont je pouvais disposer, à réfléchir sur ce que je comprenais et sur ce que je devinais de son histoire, dès mon enfance ces tableaux avaient frappé mes yeux, et fortement occupé ma jeune imagination, ils s'étaient insensiblement gravés dans mon ame, j'éprouvais un penchant irrésistible pour le saint dont je portais le nom, et un désir ardent de lui ressembler ; il ne dépendait pas de moi de faire arriver de nouveau, en ma faveur, les événemens de sa vie, mais je m'attachai à l'imiter dans ses vêtemens, dans ses attitudes , comme je l'avais fait dans son travail et sa monture. Le petit âne que j'avais dressé

ne pouvait plus me porter à présent
que j'étais un homme, je m'en pro-
curai un qui ressemblait à celui du
tableau, je fis faire une grande selle
aussi; de même j'achetai deux corbeilles neuves, puis avec un filet de
cordons bigarrés, et garnis de grosses
houppes et de morceaux de métal
au bout des cordons, je fis à ma
bête un collier qui pouvait le faire
aller de pair avec l'âne de la fuite
en Egypte. Personne ne s'étonna ni
ne songea à se moquer du singulier
accoutrement dans lequel mon âne
et moi nous parcourions les montagnes; la bienfaisance a le droit de
cheminer comme elle veut, pourvu
qu'elle arrive.

Cependant, la guerre et ses cruelles
suites vinrent nous atteindre jusque

dans nos montagnes; des bandes de
maraudeurs ou déserteurs y passaient journellement, et occasion-
nèrent plusieurs malheurs. On leva
un corps de milice, qui arrêta quelque tems les déprédations ; puis
on négligea les moyens de défense,
et elles recommencèrent. Notre contrée était cependant encore assez
tranquille , et je continuais mes
courses sur mon paisible animal,
lorsqu'un jour, en sortant d'un bois
montueux pour traverser une place
inculte, je vis de loin, sur le bord
d'un fossé, quelque chose de couché
à terre qui ressemblait à une figure
de femme. Je m'avance; c'était une
femme en effet; je ne savais si elle
était endormie ou évanouie. Je des-
cends de ma monture, je me baisse,

je soulève sa tête; son visage me
parut très-beau, mais extrêmement
pâle, ainsi que ses lèvres; ce qui
me fit juger qu'elle était malade. Ce
mouvement la ranima, elle ouvrit
ses beaux yeux, et se levant vivement, elle regarda autour d'elle,
et s'écria : où est-il? l'avez-vous
vu? Qui? lui demandai-je; mon
mari, me répondit-elle. Elle avait
l'air si jeune et si virginal que ce
mot m'étonna; mais elle remarqua
l'intérêt que je prenais à sa situation, et me raconta qu'en voyageant
avec son mari, les chemins cahoteux
les avaient engagés à laisser aller
leur voiture en avant, et à prendre
à pied ce sentier qui devait abréger;
à peine y étaient-ils entrés qu'ils
avaient rencontré une troupe de

gens armés qui les avaient insultés;
son mari s'était défendu; une ba-
taille avait commencé, et il s'était
éloigné en combattant; elle n'avait
pu le suivre, et l'effroi s'étant emparé d'elle, elle était tombée privée
de ses sens à cette place, sans savoir combien de tems elle y était
restée; elle me supplia instamment
de la laisser pour courir après son
mari. En disant cela elle se leva
tout-à-fait et j'eus devant moi la
plus belle créature que j'eusse vue
de ma vie; mais il me fut aisé de
remarquer à l'arrondissement de sa
taille, qu'elle n'était pas éloignée
d'avoir besoin du secours de ma
mère et de dame Elisabeth. Il s'éleva
entre nous une espèce de dispute;
elle exigeait de moi d'aller m'infor-

mer de son mari, et je voulais auparavant la mettre en sûreté; mais
je ne pouvais obtenir d'elle de s'é-
loigner de cette place. Toutes mes
supplications auraient été sans fruit,
si un corps de milice qui avait appris
le passage d'une troupe de maraudeurs, et qui les poursuivait, n'avait
paru sur la lisière du bois. J'appelai
nos défenseurs, je leur contai ce qui
venait de se passer, je les priai de
ne pas perdre un instant pour se
mettre à la recherche du voyageur,
je leur dis où ils pourraient nous retrouver, et cette affaire parut arrangée; je me hâtai ensuite de détacher mes deux corbeilles, et de
les cacher, avec ce qu'elles conte-
naient, dans une caverne qui m'avait
souvent servi de dépôt; je sanglai

ma selle, puis avec un sentiment
singulier, tel que je n'en avais pas
encore éprouvé, je pris dans mes
bras ma belle charge, et je la posai
dessus; ma paisible bête reprit d'elle-
même le sentier bien connu par où
j'étais venu, et me permit de marcher à côté. Vous devez penser,
sans que je vous le dise, que, d'après
la disposition habituelle de mon esprit, je devais être agité ; ce que
j'avais si long-tems cherché, désiré,
venait se présenter à moi; quelquefois il me semblait que c'était un
songe ; cette figure céleste, si semblable à celle que je voyais tous les
jours dans les tableaux de ma chapelle, de la hauteur où nous étions
me semblait planer dans les airs, et
se mouvoir comme un ange au tra-

vers des branchages des arbres; tout
jusqu'à son état semblait réaliser mes
chimères et en faire la plus belle
des réalités; je ne pouvais me lasser
de la regarder. Une fois je ne pus
m'empêcher de prononcer doucement le mot de Marie..... Oui, me
dit-elle en souriant à demi, c'est
mon nom, comment l'avez-vous de-
viné? C'était son nom! je fus sur le
point de tomber en extase à ses pieds
et de l'adorer comme la mère de
Dieu; je me contins, et pour me
remettre je lui fis une foule de
questions; elle y répondit avec
douceur, avec complaisance; la
bonne grâce et la décence étaient
dans tous ses mouvemens, et la
plus touchante tristesse sur ses traits;
son beau regard exprimait aussi l'in-

quiétude. Nous arrivâmes sur une
place haute et dépouillée d'arbres
d'où la vue s'étendait au loin; elle
me pria d'arrêter , d'écouter, de
regarder si je ne voyais, si je n'entendais rien. Elle me le demanda
avec tant de grâce et une expression
si pressante dans son regard, à travers ses longues paupières noires,
que j'aurais fait pour elle tout ce
qu'il était possible de faire. Oui, je
grimpai avec rapidité jusqu'au haut
d'un pin qui n'avait que quelques
branches à son sommet, et qui était
absolument isolé; jamais mon métier, qui m'avait donné l'habitude
de monter ainsi, ne m'avait paru
plus précieux; jamais dans aucune
fête de campagne je n'avais grimpé
au mat de cocagne avec plus de

zèle; cette fois je n'apportai ni mouchoir ni ruban, ni même la bonne
nouvelle que j'aurais tant voulu lui
donner, je n'aperçus rien. Enfin, elle
me cria avec le ton de l'effroi de
redescendre, et elle me fit signe de
la main de le faire avec précaution;
mais pour être plus tôt près d'elle,
je me laissai tomber à terre d'une
assez grande hauteur, elle jeta un
cri, et la plus aimable bienveillance
parut sur son visage quand elle vit
que je ne m'étais pas fait de mal.

Je ne veux pas vous fatiguer,
Monsieur, par le récit de la foule
de petites attentions que j'eus pour
elle pendant toute la route; je cherchais par mille moyens à la distraire
un moment de ses inquiétudes, mais
je cherchais aussi à satisfaire le sen-

timent qui s'était déjà emparé de tout mon être. Les soins qu'on rend à ce qu'on aime ont tant de douceur! avec quel empressement je cueillais une fleur, j'allais chercher sous l'herbe une fraise, je lui nommais les montagnes, les collines, les vallons, les maisons : tout cela me semblait autant de trésors que je partageais avec elle, et qui nous mettaient ensemble dans quelque rapport.

J'aurais ainsi passé ma vie entière à cheminer à côté d'elle, et je tressaillis quand j'aperçus la porte de la maison de la bonne dame Elisabeth; c'était là qu'une douloureuse séparation allait commencer; je la regardai plus attentivement que je n'avais fait encore, pour graver

toute sa figure dans mon ame par
cette contemplation ; j'aperçus son
pied sortant de dessous sa robe , je
feignis d'avoir quelque chose à ranger
à la sangle , je baissai la tête , et mes
lèvres se posèrent sur *le pied le
plus charmant* que j'eusse vu de ma
vie , sans qu'elle s'en aperçût.

Enfin , nous arrivâmes devant la
maison , je la reprends dans mes
bras et la pose doucement à terre ;
j'entre le premier , et du bas de
l'escalier , je m'écrie : Dame Elisabeth , voici une visite ; venez
dame Elisabeth. Elle sortit de sa
chambre, je lui dis en peu de mots
qui je lui amenais ; elle se hâte de
descendre aussi vîte que son âge le
lui permet ; moi je regardais par-
dessus son épaule, la belle, la cé-

leste Marie, qui s'avançait timide-
ment : elles se rencontrèrent au bas
de l'escalier et se saluèrent cordia-
lement. Elisabeth souhaita la bien-
venue à l'étrangère; celle-ci embrassa
la respectable femme avec respect ;
Elisabeth la fit entrer dans sa meilleure chambre, et la porte se ferma
sur moi. Je revins tristement auprès
de mon âne, et j'étais là comme un
homme qui a déposé des effets précieux qui ne lui appartiennent pas,
quoiqu'il les ait apportés, et qui se
trouve aussi pauvre qu'auparavant.

QUATRIÈME FRAGMENT

La branche de fleur de lys.

Je ne pouvais me décider à re-
partir sans l'avoir revue, et je restais
là indécis sur ce que j'avais à faire,
lorsque dame Elisabeth entr'ouvrit
sa porte, et m'ordonna d'aller tout
de suite avertir ma mère de venir
chez elle, et d'aller ensuite de tous
côtés chercher, s'il était possible,
des nouvelles du mari; Marie vous
en prie instamment, ajouta-t-elle.
Ne pourrai-je pas lui parler moi-
même, répliquai-je ? Non, non,
rien de cela à présent, dit dame
Elisabeth, ne perdez pas de tems.
Elle referma la porte, et je partis;

je forçai mon âne d'aller plus vîte qu'à l'ordinaire, et bientôt je fus chez nous : ma mère put encore aller le même soir au secours de la jeune étrangère. Je descendis dans la plaine, et j'allai chez le bailli où j'espérais me procurer des nouvelles ; lui-même en attendait et ne savait rien encore : il me connaissait et me dit de passer la nuit chez lui. Qu'elle me parut longue cette nuit dans l'angoisse de ce que j'allais avoir à apprendre à la belle Marie ! Sa figure était toujours devant mes yeux, se balançant sur mon âne, et regardant le conducteur avec tristesse et reconnaissance ; je souhaitais la vie à son mari, puisqu'elle l'aimait, et cependant je l'aurais bien volontiers voulue veuve.

Peu-à-peu le détachement de notre milice se rassembla, et au travers de plusieurs rapports variés nous eûmes enfin la certitude que la voiture et les effets étaient sauvés, mais que le malheureux homme était mort de ses blessures dans un village peu éloigné : j'appris aussi que quelques-uns des miliciens étaient allés porter cette fâcheuse nouvelle chez dame Elisabeth ; je n'y avais donc plus rien à faire, et cependant une impatience irrésistible m'engageait à y retourner. Je me remis en chemin, je parcourus encore les vallons et les montagnes, et au milieu de la nuit j'étais devant sa porte; elle était fermée à clef; je vis de la lumière dans sa chambre, et à travers les rideaux des figures se mouvoir comme des ombres. Je passai le reste de la nuit sur un banc vis-à-vis, toujours tenté de frapper, et retenu par plusieurs considérations.

Mais pourquoi vous fatiguer de détails minutieux et sans intérêt? il suffit de vous dire que le matin je ne fus pas plus heureux, et je ne pus être admis dans la maison. Dame Elisabeth était très-occupée; elle me dit en peu de mots qu'on savait la triste nouvelle, qu'on n'avait plus besoin de moi, que je devais retourner chez mon père, à mon travail. A toutes mes questions elle répondit avec son obscurité accoutumée, que ce n'étaient pas là mes affaires, et me ferma sa porte.

Huit jours se passèrent ainsi; j'y retournais tous les soirs, je ne pou-

vais voir personne ni rien apprendre;
ma mère ty était presque toujours,
je ne pouvais non plus lui parler.
Enfin, au bout de ce tems dame
Elisabeth me fit entrer : Venez,
mon ami, marchez doucement, parlez
peu, mais ayez bonne espérance.
Elle m'ouvrit une petite chambre
très-propre; dans un lit, dont les
rideaux étaient à demi fermés, je
vis ma belle Marie assise, enveloppée
de coiffes, mais plus belle encore,
s'il était possible, que lorsqu'elle se
balançait sur l'âne. Dame Elisabeth
alla à elle pour m'annoncer; puis
elle prit quelque chose dans le lit,
qu'elle vint me présenter; c'était le
plus beau petit garçon qu'il fût possible de voir : vous pouvez en juger,
c'est Christ l'aîné de nos fils, ce

beau blondin dont la physionomie vous a frappé, et qui avait déjà ce même caractère; il était enveloppé de linge bien blanc, Elizabeth le tenait entre moi et sa mère. Dans l'instant, il me revint en pensée la belle branche de lis du tableau des fiançailles de Marie et de Joseph, qui s'élève entr'eux deux, comme pour être témoin de l'union la plus pure. De ce moment toute crainte s'évanouit de mon cœur, il se remplit de la plus douce espérance, et mon bonheur me parut écrit au ciel. J'obtins la permission de la voir, de lui parler; j'osai attirer sur moi son céleste regard, en prenant son enfant entre mes bras, et couvrant son joli front de baisers.

Tome I.

Combien je vous remercie, me dit-
elle de votre amitié pour ce pauvre
petit orphelin ! Etourdiment, et sans
réfléchir que le moment n'était pas
encore venu, je lui dis : ah ! Marie,
il n'est plus orphelin , si vous le
voulez.

Dame Elizabeth , plus prudente
que moi , me reprit l'enfant , le
rendit à sa mère , et sut bientôt
m'éloigner ; mais j'emportai dans
mon cœur l'image de Marie , qui
ne m'a plus quitté ; encore à présent
quand je traverse les bois, les rochers,
les vallons , j'ai toujours devant moi
cette image chérie ; je me rappelle
jusqu'à la moindre bagatelle , jusqu'au moindre mot qu'elle pro-
nonça pendant cette première

course, tout est gravé dans mon souvenir.

Les semaines s'écoulèrent, Marie se remit, et je la voyais souvent; elle était triste, mais affable et se-reine; ma vie ne fut plus qu'une suite de soins et d'attentions pour elle, qui ne furent pas sans effet. Des circonstances de famille lui permettaient de choisir à son gré le lieu de sa demeure; elle se dé-cida à rester parmi nous; ce fut d'abord chez dame Elizabeth; de là elle vint nous visiter pour témoigner à ma mère et à moi sa reconnois-sance de nos bons services : elle se plut chez nous, et je pus me flatter que j'y avais quelque part; mais ce que je brûlais de lui dire,

sans l'oser encore, fut amené d'une
manière singulière et qui me rendit
doublement heureux. Je lui montrais la chapelle et les peintures,
que je lui expliquais l'une après
l'autre ; cela me donna l'occasion
de lui parler des devoirs d'un père
adoptif, de l'attachement qu'il peut
et doit prendre pour l'enfant d'une
femme bien aimée ; j'y mis tant de
chaleur et de sentiment, que je vis
couler ses larmes ; je saisis sa main ;
elle serra la mienne contre son
cœur : Joseph me dit-elle, sois le
père de l'enfant de Marie. J'allai
chercher le petit Christian, et ce
fut sur ses joues rondes et couleur
de rose que nous fîmes le serment
d'être l'un à l'autre ; mais cependant

je n'eus pas la présomption de croire
que j'avais effacé en aussi peu de
tems le souvenir de son mari; elle
ne m'assura encore que de sa tendre
amitié. La loi prescrit aux veuves de
ne se marier qu'au bout d'une année,
et ce n'est pas trop de ce tems
pour une époque aussi solennelle,
pour cicatriser une plaie aussi cruelle,
et remplacer un lien aussi intime;
Marie fut plus de tems encore avant de
pouvoir s'y résoudre; mais on voit
les fleurs se flétrir et les feuilles
tomber par les rigueurs de l'hiver,
un nouveau printems vient ensuite
reverdir les arbres, faire germer
les boutons et préparer les fruits.
La vie appartient aux vivans, et
celui qui vit doit s'attendre à changer.

J'ouvris mon cœur à ma bonne
mère, je lui dis tout ce qui s'était
passé dans mon cœur depuis que
j'avais rencontré Marie ; elle sourit
et me dit qu'elle et dame Elizabeth
l'avaient vu aussitôt que moi, et
qu'elles avaient dans cette idée re-
doublé de soins pour Marie. Elle
me raconta l'excès de sa douleur en
apprennant la mort de son mari ;
ses inquiétudes avaient hâté le mode sa délivrance, et ce fut seulement
pour son enfant et pour remplir ses
devoirs de mère qu'elle avait pu
consentir à vivre. Peu-à-peu ils avaient
rempli et consolé son cœur, et elle
s'était accoutumée à l'idée de vivre
avec nous. Elle resta quelque tems
encore dans notre voisinage ; puis

elle vint s'établir avec son enfant
chez mes parens, et ce fut pour la
recevoir que j'arrangeai ma chapelle
comme une salle usuelle ; je voulais
que Marie fût entourée des images
qui m'avaient fait une si grande impression ; et que tout lui rappelât
le père adoptif. Enfin, elle consentit
à mon bonheur, et un an après le
père adoptif et le père véritable put
presser contre son cœur paternel les
deux fils de Marie. Elle vient de
me donner un troisième enfant,
une petite fille que nous revenions
de faire baptiser quand vous nous
avez rencontrés ; Marie a désiré que
le prêtre qui l'avait baptisée elle-
même, confirmée et mariée, baptisât
aussi ses enfans, et sa paroisse est

de l'autre côté de la montagne. Si nous passons à présent en nombre les personnages des tableaux, nous tâchons toujours du moins de leur ressembler autant qu'il est possible par les vertus, l'amour et la fidélité, et même par les usages. Quoique nous soyons moi et mes fils très-bons marcheurs et vaillans porteurs, nous regardons encore notre âne comme une partie essentielle de la famille, et nous nous en servons toutes les fois qu'un devoir ou une affaire nous appelle à faire des courses dans la montagne ; nous sommes fiers d'offrir ainsi une faible et véritable image de la sainte famille, et nous nous efforçons, autant qu'il est en nous, de l'honorer par nos vertus et notre simplicité.

Joseph se tut.... Le soir Wilhelm ramena son fils, en promettant aux jeunes gens de revenir les voir, et il écrivit à sa chère Natalie.

ANECDOTE RÉCENTE,

Extraite d'une lettre de Calcuta, dans le Bengale ; traduite de l'anglais *.

DANS le mois de maï de l'année 1809, arriva à Calcuta, dans le Bengale, une jeune princesse de la Nouvelle-Zélande, fille cadette de

---

* L'anecdote qui fait le sujet de cette lettre a déjà été publiée dans quelques journaux, mais avec moins de détail.

Tippahée, roi de cette île; elle était
avec son époux, anglais de naissance,
nommé Georges Bruce. Les malheurs
de ce singulier couple ont intéressé généralement tous les habitans de Calcuta. Voici quelles étaient les aven-
tures qui les avaient unis et conduits
dans un pays aussi éloigné de leur
patrie.

Georges Bruce est fils d'un nommé
John Bruce, premier commis et fac-
totum de M. Wood, distillateur à
Limehouse; il vint au monde l'année
1779, dans la paroisse de Radcliffe
Highway. Son père n'ayant pas des
moyens pour l'élever, le destina à la
marine, et lorsqu'il eut atteint sa
dixième année, le plaça comme
mousse sur un vaisseau nommé le

Royal Amiral, sous les ordres du capitaine Bound.

Ce vaisseau devait aller dans la mer du sud à la nouvelle Galle ; il arriva heureusement à Port-Jackson l'an 1790. Le jeune mousse avait eu beaucoup de peine à se faire à la mer, et dès qu'il sentit la terre ferme sous ses pieds, il ne put se décider à remonter sur son habitation flottante ; il pria son capitaine de lui permettre de rester à Port-Jakcson, et le capitaine, qui attacha peu de prix à le conserver, y consentit volontiers. Le *Royal Amiral* repartit donc sans le petit mousse, qui se trouva à l'âge de douze ans son propre maître, et n'ayant personne que lui-même dont il put attendre le moindre secours. Sa jeunesse et

sa bonne volonté intéressèrent, on
le fit entrer dans la marine colo-
niale, et il servit plusieurs années
sous les ordres du lieutenant Robert
Flinders. La destination de cette
marine étant de parcourir tous les
différens parages de ces îles si long-
tems inconnues, d'en reconnaître
l'étendue, de signaler les écueils,
les ports, les récifs des mers qui
les entourent, Georges Bruce ac-
quit beaucoup de connaissances utiles
et devint un excellent marin, estimé
de ses chefs, aimé de ses camarades,
ayant de la tête et du cœur. Il avait
été transplanté si jeune dans ces
climats lointains, qu'il n'en ressentit
pas plus d'incommodités que s'il eût
été un des naturels du pays ; il devint
grand, fort, robuste, et son aimable

physionomie, sa disposition obligeante
attiraient l'amitié de tous ceux qui
le voyaient.

Il avait environ vingt-quatre ans,
lorsque le roi de la Nouvelle-Zélande, nommé Tippahée, vint faire
une visite de curiosité et de bon
voisinage au gouverneur de Port-
Jackson. Il fut reçu avec tous les
honneurs dus à son rang. Après y
avoir passé quelques semaines, il
voulut retourner dans son île, et le
capitaine Simmonds reçut l'ordre de
le ramener à la Nouvelle-Zélande,
sur le vaisseau *Lady Nelson;* Tippahée monta à bord avec sa suite,
très-satisfait de la réception qu'on
lui avait faite, et le *Lady Nelson*
cingla vers sa destination. Par hasard
Georges Bruce se trouva sur ce

vaisseau comme matelot; Tippahée
l'eut bientôt distingué de ses camarades. Etant tombé malade le troisième ou quatrième jour de navigation, il demanda Georges pour le
soigner, et ne voulait rien recevoir
que de sa main. Le jeune homme le
servait avec tant de zèle, fut si exact
à lui donner les remèdes ordonnés
par le chirurgien du vaisseau, que
le roi se rétablit peu à peu parfaitement; mais dans sa convalescence il
ne pouvait supporter que Bruce s'é-
loignât de lui un seul instant : il lui
apprenait plusieurs mots de sa langue,
il essayait de prononcer l'anglais, il
le faisait chanter, et plus d'une fois,
par l'ordre du roi, ils échangèrent
leurs pipes, ce qui, chez les sauvages,
est un pacte d'amitié.

La navigation fut heureuse, et on débarqua le monarque sain et sauf sur le rivage de sa patrie. Sa famille et ses premiers officiers vinrent pour le recevoir, et le porter sur leurs épaules dans la hutte qui était son palais : mais Tippahée, au lieu de partager leur joie, était plongé dans la tristesse ; et, la tête baissée, il se refusait à leurs empressemens. En vain la jeune Aékotoé, sa fille cadette et sa favorite, dansait autour de lui, entourait son cou d'un joli collier de coquillages, l'embrassait et faisait mille folies ; il ne la regardait pas seulement, et ses yeux mouillés de larmes se portaient alternativement sur le vaisseau et sur Georges Bruce, qui lui avait aidé à descendre, et se tenait à côté de lui.

» Qu'as-tu donc, bon roi, lui dit-il dans sa langue? te voilà parmi les tiens; d'où vient ta tristesse?—Ami Georges, lui dit Tippahée en lui prenant la main, reste avec moi, et tu verras bientôt la joie revenir sur mon visage; reste avec moi, ami Georges, sois aussi un des miens. Nous avons fumé ensemble, tu me conviens, et je t'adopte pour mon fils. Si tu me refuses, pars, et reprends la guérison que tu m'as donnée; car je ne veux pas vivre loin de mon fils. » Georges Bruce fut touché jusqu'au fond de l'ame de l'amitié de ce bon souverain, il la payait de toute la sienne, et ne put se résoudre à l'affliger par un refus. Il réfléchit aussi sur son isolement et sur sa position; aucun lien ne

le retenait à Port-Jackson, et il
valait bien autant être prince du
sang à la Nouvelle-Zélande que
matelot partout ailleurs. Sa décision
fut donc rapide. « Je suis à toi pour
ma vie, dit-il à Tippahée, je reste,
fais de moi ce que tu voudras, je
ne te quitte plus. » Le roi poussa
des cris de joie, auxquels tout ce
qui l'entourait répondit. Il rendit à
son Aékotoé ses innocentes caresses,
et la présenta à Georges comme une
sœur. Elle n'avait que quinze ans; toute
femme, fût-ce même une sauvage, est
jolie à cette âge; mais Aékotoé avait
des droits plus positifs à la beauté
que ceux de sa jeunesse. Sa taille
était droite et souple comme un
jonc, ses formes parfaites, ses traits
extrêmement agréables, et son visage

aurait été charmant, si la mode de
son pays et l'étiquette de sa naissance ne l'avaient pas obligée à tatouer
ses jolies joues rondes, et à les peindre
avec des couleurs rouges et jaunes;
elle était pleine de grâces et de
gaîté, parut très-contente de son
nouveau frère, et le lui témoigna
de mille manières. Georges, très-
satisfait de sa nouvelle position,
remercia le capitaine Simmonds,
lui demanda sa démission, déclara
qu'il restait dans l'île, qu'il adop-
tait la vie sauvage, et prit congé
de ses camarades, en leur promettant que si leur destinée les ramenait
dans ces parages, ainsi que tout
autre équipage anglais, ils y trou-
veraient tous les secours qui dépen-
draient de lui. Le capitaine le voyant

irrévocablement décidé, n'insista pâs
pour le retenir, et se fit un mérite
auprès de Tippahée de lui laisser
son ami.

Dès que Georges fut devenu un
habitant de la Nouvelle Zélande, il
se dépouilla de son uniforme et de
son costume européen, pour prendre
celui de ses nouveaux camarades; il
mit la ceinture et le manteau de peau
de bêtes sauvages; il s'arma de l'arc,
de la flèche et de la massue, et
bientôt il sut s'en servir avec force et
avec adresse : bientôt aussi il apprit
leur langage, dont Tippahée lui avait
déjà donné une idée; enfin, à un
seul article près, il paraissait un véritable insulaire; quoiqu'il fût hâlé,
son teint anglais était plus blanc
que celui de ses nouveaux compa-

triotes, et ses joues unies n'étaient
point tatouées, au grand regret de
la jeune Aékotoé, qui se moquait
de lui, lui montrait avec orgueil les
figures bizarres gravées sur les siennes,
et lui disait qu'il serait bien plus
beau si les siennes étaient ainsi
décorées. Georges n'avait aucune
envie de cet ornement, et ne le
croyait pas nécessaire : cependant il
s'était si bien accoutumé au tatouage
d'Aékotoé, qu'il n'était pas éloigné
de trouver que cela lui allait assez
bien. Le tatouage ne lui paraissait
pas plus extraordinaire que ne l'é-
taient le cinabre et les mouches
noires des femmes européennes,
lorsque c'était l'usage de s'en défi-
gurer. Aékotoé était d'ailleurs si
jolie, que chaque jour il l'aimait

davantage. Lorsqu'on aime une fois, on ne s'aperçoit plus d'aucune défectuosité de l'objet aimé. Aékotoé paraissait aussi l'aimer et se plaire avec lui. Elle le suivait par-tout, portait ses armes, arrangeait sa couche, lui préparait ses mets; elle lui tenait d'ailleurs une rigueur extrême, et le repoussait dès qu'il voulait lui faire une amitié, en lui disant, quand je serai ta femme, quand tu seras un guerrier. Georges ne demandait pas mieux que d'épouser Aékotoé, et d'être compté parmi les défenseurs de l'Etat. Tippahée lui avait promis l'un et l'autre, et ne lui avait point encore donné ni sa fille, ni un emploi dans l'armée; il paraissait même un peu refroidi, et regardait souvent son ami Georges

avec tristesse. Georges résolut de
lui en demander la raison, et de le
sommer de sa promesse. « Ami
Tippahée, ui dit-il, n'aimes-tu plus
ton fils Georges ? Pourquoi ne lui
donnes-tu ni ta massue, ni ta fille ?
Ami Georges, lui répondit le roi,
tu n'est pas encore tatoué, tu n'es
pas des nôtres, et je ne puis donner
ma fille et le commandement des
entreprises qu'à celui qui saura souffrir
sans se plaindre. Va et reviens avec
le signe des sauvages, et mon Aékotoé est à toi. » Georges partit
comme un éclair, et courut chez
le jongleur le plus renommé dans
l'art du tatouage ; il se mit entre
ses mains, et souffrit, sans pousser
une plainte, cette opération très-
douloureuse, et qui fut très-longue,

parce qu'il demanda d'être tatoué
dans toutes les formes, comme devait
l'être le gendre du roi. Dès qu'il
fut bien et dûment cicatrisé de la
tête aux pieds par les figures les
plus extraordinaires, il vint se présenter à Tippahée et à sa fille, qui
le reçurent avec de grands cris de
joie et mille démonstrations d'amitié.
Le lendemain Aékotoé rompit avec
lui une baguette et devint sa femme;
le roi Tippahée l'associa à sa puis-
sance, et le fit reconnaître pour son
successeur. Georges s'attacha dès-
lors à connaître à fond sa nouvelle
patrie et son royaume, les productions, les ressources, le caractère
dominant des insulaires, leur nombre,
et les différentes peuplades que la
Nouvelle Zélande renferme dans son

enceinte, à peu près aussi étendue que l'Angleterre et l'Écosse.
Il fit plusieurs voyages dans les
diverses parties de l'île, sous le pré-
texte de la chasse, toujours accompagné d'Aékotoé, qui l'aimait passionnément et le rendait le plus
heureux des maris : voici les obser-
vations qu'il fit et qu'il a commu-
niquées à ses protecteurs à Calcuta,
sur cette belle partie de l'hémisphère
méridional.

Le pays est généralement très-
sain et très-agréable ; il est coupé
de vallons, de collines, et de su-
perbes forêts. Les habitans sont
hospitaliers, francs, ouverts, et disposés à la gaîté. Sans doute leurs
manières ont la rudesse des enfans
de la nature. Dévoués à leur patrie,

à leurs parens, à leurs amis, ils sont implacables avec leurs ennemis, et leur vengeance est terrible. Bruce eut beaucoup de satisfaction à trouver qu'ils n'avaient aucune idole et peu de superstition; ils s'accordent à reconnaître l'existence d'un être ou d'un génie créateur tout puissant, invisible, et qui reçoit leur hommage.

La plus superbe végétation embellit ces contrées; on voit dans les forêts, des arbres, principalement des pins, d'une dimension remarquable, et dont les branches entrelacées forment des massifs de verdure de plusieurs lieues, où l'homme n'a jamais pénétré. On y trouve aussi, en abondance, l'arbre qui produit la gomme de Benzoé. Les plaines sont couvertes des plus belles plantes; et c'était grand dommage que Bruce ne fût pas un peu botaniste. Il n'a guère pu nommer que le chanvre et le lin qui sont indigènes dans la Nouvelle Zélande, et y croissent en abondance; on en voit des étendues à perte de vue, dont une partie est cultivée par les naturels du pays, et l'autre croît naturellement. Ils en font des espèces de cordages qui leurs sont très-utiles, et des filets pour pêcher le poisson; mais ils n'ont pas encore imaginé de faire de la toile, et Georges se promit de leur en donner l'idée, quoique lui-même fût novice dans l'art du tisserand; mais sa pénétration et son bon sens lui tenaient lieu de connaissances. Il croît aussi naturelle-

ment des choux-raves, des patatés
où pommes-de-terre douces, des
ignames, des turneps, et plusieurs
autres plantes potagères, susceptibles
de s'améliorer par la culture. Ils
ont encore une espèce de fougère
dont la racine est savoureuse et
peut fort bien remplacer le pain, et
une autre plante qui fournit un suc
coloré d'un rouge vif, dont ils peignent
leurs canots et leur figure. Les arbres
fruitiers y viendraient à merveille.
Ils ont tiré du Cap de Bonne-Es-
pérance des orangers et des pêchers
qui ont très-bien réussi. Des cochons
et des chèvres qu'on a débarqués
dans la Nouvelle Zélande, ont extré-
mement peuplé, et y sont devenus
communs ; le seul quadrupède indi-
gène est un petit renard ; le seul

reptile, une espèce de lézard lent et paresseux; mais les bois sont pleins d'oiseaux du plus beau plumage; et les lacs et les rivières d'excellens poissons, dont quelques-uns sont connus en Europe, et les autres particuliers au pays. Ils pêchent aussi sur les côtes des poissons de mer très-estimés. En été, on y voit des quantités immenses de maquereaux, et en hiver, des bancs entiers de harengs. Sur les bords de la mer et des rivières, on trouve des oies et des canards sauvages en abondance, et toute espèce d'oiseaux aquatiques. Il n'y a aucune volaille privée. Les montagnes recèlent beaucoup de métaux, particulièrement du fer; mais ces heureux insulaires n'ayant aucune

conaissance minéralogique, ils res-
teront long-tems encore enfouis dans
le sein de la terre. Après cet aperçu
du climat et des productions d'une
contrée aussi peu connue, nous
achéverons l'histoire de l'homme
de qui on tient ces détails inté-
ressans.

Il était au comble des honneurs
publics et du bonheur domestique :
aimé et respecté de la nation, chéri
de son beau père, adoré de sa
femme, il n'aurait pas changé de
situation avec aucun monarque de
l'Europe. Il eut encore la satisfaction d'être utile à plusieurs de
ses anciens compatriotes. Tous les
navigateurs qui vinrent dans ces
parages, furent reçus en amis et
pourvus abondamment de tout ce

qui pouvait leur être nécessaire. Les
insulaires lui obéissaient au moindre
mot, il les avait subjugués en adop-
tant complètement leurs mœurs et
leur langage, et par la supériorité
de son esprit et de ses connaissances
en tout genre. Il forma le projet
de profiter de cet ascendant et de
ces circonstances favorables, pour
civiliser des peuples aussi favorisés
par un climat qui ne leur laissait rien
à désirer. Il commença par déve-
lopper l'esprit naturel de sa chère
Aékotoé, il lui fit part de ses plans
pour perfectionner ses compatriotes;
elle les adopta avec beaucoup d'intelligence, lui promit de le seconder
pour tout ce qui regardait son sexe,
et Georges Bruce pensa, avec orgueil
et satisfaction, qu'il allait être le

Brama, le Fohi, le Numa de la Nouvelle Zélande, et que ces simples enfans de la nature allaient devenir, par ses soins, des hommes éclairés, et une nation distinguée dans ce nouvel hémisphère.

Pour commencer à exécuter ce vaste projet, il fit (comme nous l'avons dit) des courses dans toute son île pour se faire connaître des différentes peuplades et pour les connaître lui-même. Il était avec Aékotoé sur les côtes d'une partie de l'île très éloignée de la résidence du roi, lorsqu'il aperçut en la pleine mer les voiles d'un bâtiment européen : l'intérêt et la curiosité l'excitèrent à rester sur cette côte dont le vaisseau s'approchait ; il reconnut bientôt le pavillon anglais : c'était

le vaisseau *général Wellesley*, capitaine Dalrymple. On jeta l'ancre,
et le capitaine et quelques officiers
débarquèrent. Bruce leur fit l'accueil
le plus cordial, et toutes les offres de
service qui étaient en son pouvoir.
Le capitaine lui dit qu'il venait de
faire un chargement de bois de
construction et de gomme de Benzoé,
et lui fit beaucoup de questions sur
les productions de son île, auxquelles
Georges répondit avec amitié en
lui renouvellant ses offres de service dans un pays où il était presque
souverain. Le capitaine Dalrymple
le prit au mot, et lui demanda de
l'accompagner jusqu'au cap nord,
distant de treize milles, où on trouvait,
lui avait-on dit, beaucoup de poussière d'or; il craignait d'être molesté

par les naturels du pays, et la pré-
sence d'un de leurs chefs et de la
fille de l'un de leurs rois le mettait
à l'abri. Bruce refusa d'abord obsti-
nément de s'éloigner de son île,
Dalrymple insista, pressa tellement,
que Bruce se laissa persuader malgré
lui, et consentit à monter à bord
avec Aékotoé, sous la promesse
positive que Dalrymple lui donna
de les ramener à la même place où
il les prenait.

Le vaisseau cingla vers nord cap et
jeta l'ancre; ils trouvèrent du sable,
des rochers, une île absolument inculte, et pas l'apparence de poussière
d'or. Dalrymple trompé dans son
attente, témoigna beaucoup de mauvaise humeur, fit lever l'ancre; et
à la sommation de Bruce, donna

l'ordre de faire voile vers la Nouvelle
Zélande ; mais le vent fut d'abord
contraire, et les éloigna considé-
rablement. La bonne Aékotoé fon-
dait en larmes en voyant disparaître
les côtes chéries de son île natale.
Le troisième jour le vent changea
et devint favorable, mais Bruce
remarqua que le capitaine, loin de
faire prendre à son vaisseau la di-
rection de la Nouvelle Zélande,
s'en éloignait toujours davantage et
lui faissait prendre la route des
Indes : il alla à lui, lui rappela sa
parole de le ramener avec son épouse
dans leur patrie ; il lui dit que si
l'honneur et l'humanité ne lui suf-
fisaient pas, la politique et l'intérêt
de sa nation le demandaient égale-
ment, que tous les vaisseaux anglais

qui toucheraient à la Nouvelle Zélande seraient responsables de l'en-
lèvement de la fille du roi, et qu'il
en tirerait une cruelle vengeance. —
Ah ! ah ! s'écria le capitaine en riant,
ce ne sera pas de moi qu'il se
vengera, car je me garderai bien
d'y retourner, j'ai tout autre chose
à faire que de me promener dans
ses mers avec ma cargaison et de
vous ramener dans votre île ; vous
trouverez quelque autre île encore
meilleure.

Qu'est-ce qu'il y avait à faire ?
Georges n'était pas le plus fort ;
il fallut se soumettre au destin qui
leur parut bien cruel. Ils arrivèrent
à la vue de Féegée, ou l'île de
Sandal ; le capitaine dit à Bruce,
que s'il le désirait, il le descendrait

sur le rivage. Pourquoi ici ! répondit
Bruce, il est connu que ces insulaires sont les sauvages les plus fé-
roces de cet hémisphère, et en
guerre avec notre nation ; nous serions
bientôt prisonniers et brûlés à petit
feu Le capitaine rit et ne les descendit pas dans l'île ; mais il reprit
à Georges une quantité de petits
présens qu'il lui avait faits pour l'en-
gager à monter sur le vaisseau, et
les donna aux insulaires qui arrivaient
de tous côtés dans leurs canots. De
cette île ils passèrent près de Sooloo,
ils visitèrent encore trois ou quatre
îles sans y trouver la poudre d'or
que l'avide Dalrymple cherchait
toujours ; et enfin le vaisseau aborda
à Malakka, dans le mois de dé-
cembre 1808.

Le capitaine descendit à terre,
et Bruce voulut l'accompagner, ce
qu'il fit. Il avait le projet d'aller
parler au gouverneur européen qui
réside dans cette ville, et de lui
demander satisfaction de la trahison indigne du déloyal Dalrymple;
il était trop tard ce soir-là : le capitaine voulait, disait-il, passer quelques jours à Malakka ; Bruce renvoya
donc la visite au lendemain. Mais
quel fut le désespoir de cet infor-
tuné, lorsqu'il apprit en s'éveillant
que le capitaine était retourné de
grand matin à bord du *Wellesley*,
et cinglait à toutes voiles vers Pinang !
Bruce se précipita sur le rivage : à
peine aperçut-il au large le vaisseau
qui emportait loin de lui son Aékotoé.
Ainsi le scélérat Dalrymple avait

enlevé à ce malheureux jeune homme,
son île fortunée, son royaume et sa
compagne chérie ; sa douleur et sa
rage furent inexprimables.

Il courut chez l'officier commandant à Malakka, et le supplia avec
des accens si déchirans de lui faire
retrouver sa femme et leur île, que
le commandant fut à-la-fois indigné
et touché ; il exhorta le malheureux
Georges à la patience : aucun vaisseau
n'était attendu à Malakka ; mais il
lui dit qu'il arrivait quelquefois qu'un
vaisseau partait des Indes pour la
Nouvelle-Galle, et touchait leur île
en passant, qu'il pouvait alors aller
avec eux à Port-Jackson, et de là
facilement à la Nouvelle Zélande.

Jamais sans Aékotoé, s'écria
Georges douloureusement ! je veux

retrouver mon Aékotoé, ou mourir!
—Le commandant lui promit d'é-
crire à Pinang et de donner des
ordres pour qu'à l'arrivée du vaisseau
du capitaine Dalrymple, Aékotoé
fût renvoyée à Malakka, près de
son époux.

Il fallait attendre un mois avant que
d'avoir des nouvelles de Pinang. Bruce
sentit qu'il ne pourrait pas supporter
cette longue attente, et supplia le commandant de lui permettre d'être lui-
même le porteur de sa lettre; et cela
lui fut accordé. Par le premier brick
il partit de Malakka, et il eut la douleur, en arrivant à Pinang, d'apprendre que l'odieux Dalrymple y
avait en effet touché, et y avait vendu
la pauvre princesse Aékotoé comme
esclave; un certain capitaine Ross

l'avait achetée. Dalrymple aurait bien
voulu la garder pour lui, et c'est
dans ce but qu'il l'avait enlevée,
espérant la détacher de son Georges
Bruce; mais depuis le moment qu'elle
en fut séparée, elle avait toujours
été dans un désespoir si violent,
qu'il avait été forcé de l'éloigner du
vaisseau : elle ne cessait de répéter
le nom de son époux avec des cris
déchirans. Cet état depuis son es-
clavage avait fait place à une sombre
stupeur, et sa raison paraissait altérée; mais au moment où elle
aperçut son Georges, tout fut effacé,
elle s'élança dans ses bras avec des
cris ne joie ; tel est le caractère de
ces enfans de la nature. Cependant
la sensible Aékotoé n'était pas au
terme de ses peines; M. Ross ne

refusa pas de la rendre, mais il
exigea la valeur de ce qu'elle lui
avait coûté ; et le monarque de la
Nouvelle Zélande ne possédait rien
et ne pouvait le satisfaire. Encore
une fois il eut recours au gouverneur de l'île ; encore une fois il
parla avec l'éloquence du sentiment
qui ne manque jamais son effet ; il
lui raconta en détail et son bonheur
passé, et son malheur, et celui de
son Aékotoé, depuis qu'une fatale
destinée avait amené le traître Dalrymple sur leurs côtes ; il peignit
avec une telle expression de vérité
l'amour qui les unissait, lui et son
Aékotoé, leur tendresse filiale pour
leur excellent père Thippahée, l'attachement de leurs sujets pour eux,
que le gouverneur en fut ému jus-

qu'aux larmes ; il lui promit de lui
faire rendre son Aékotoé, et lui tint
parole. En se retrouvant dans les
bras de son bien-aimé Georges, elle
crut n'avoir plus rien à désirer, mais
bientôt elle sentit qu'il lui manquait
et son père et sa patrie. Le gouverneur, justement indigné contre le
capitaine Dalrymple, demanda à ces
époux quelle réparation ils exigeaient
pour la perfidie dont ils étaient les
victimes; en attendant, dit-il, que
que les lois puissent atteindre le
coupable, je vous la ferai au nom
de la nation que sa conduite dés-
honore.

Oh ! s'écria Bruce ; qu'on nous
ramène auprès du bon Tippahée,
dans notre île chérie, nous ne voulons
rien de plus. A Pinang, il y avait

beaucoup moins d'espérance de trouver une occasion pour la Nouvelle Galle qu'à Malakka, et c'est ce qui décida nos aventuriers à retourner dans cette ville ; mais là encore, ils n'avaient qu'un espoir très-éloigné de trouver un vaisseau pour Port-Jackson, ce qui les aurait au moins rapprochés de leur île. Aékotoé succombait sous le *mal du pays*, et du chagrin d'être séparée de son père ; et son époux partageait vivement sa peine. On leur conseilla, comme le moyen le plus court et le plus sûr, de se rendre en Angleterre sur les vaisseaux qui venaient de la Chine, et de se rembarquer sur un des bâtimens qu'on renvoie à la mer du Sud; c'était leur faire faire à peu près le tour du

monde, et un voyage au moins d'une
année , et George Bruce ne se sou-
ciait pas trop de se montrer *tatoué*,
comme il l'était , dans son ancienne
patrie et dans sa famille; cependant
il aurait tout souffert pour retrouver
son île , et ramener Aékotoé à son
père : mais un autre obstacle se
présenta ; les vaisseaux de la Chine
arrivèrent ; et on demanda à Bruce
quatre cents dollars pour son passage
et celui de sa femme ; il était bien
éloigné de posséder une telle somme.

Enfin, grâces aux bontés du gouverneur de Malakka , sir Edwards
Bellews , il eut de quoi arriver au
moins au Bengale, avec sa souffrante
compagne , qui se ranima cependant
par la seule idée de se rapprocher de
son île : ils debarquèrent à Calcuta,

et y trouvèrent un peu de repos après tant d'agitation. L'histoire de ce couple malheureux, rejeté loin de sa patrie par la plus horrible trahison, intéressa tout le monde ; on éprouva la plus vive indignation contre le traître, et la plus tendre pitié pour l'innocente et jeune Aékotoé.

Ce fut le lundi 19 juin 1809, qu'elle fut présentée au général-gouverneur de Calcuta, dans son superbe palais ; le commodore Hayes la conduisait, et la princesse de la Nouvelle Zélande soutint à merveille la dignité de son rang, et fut généralement admirée. Aékotoé, âgée de dix-huit ans, est parfaitement bien taillée, ses traits sont très-agréables et sa physionomie très-expressive ; elle était parée suivant la mode de sa nation, avec de

belles plumes sur la tête, dont le
nombre indiquait son rang, un collier de grains rouges autour de son
cou et de ses bras nuds, vêtue d'une
légere draperie de toile de coton,
dont l'usage n'était pas encore connu
à la Nouvelle Zélande, mais dont
elle avait déjà l'habitude ; et sur ses
épaules une espèce de manteau fait
d'un tissu très-fin et très-singulier,
qu'elle avait sur elle, quand elle
quitta son pays, et que les jeunes
insulaires se font elles-mêmes avec
une espèce de plante, dont la tige
ressemble à de la paille très-souple
et très-fine. Aékotoé, dis-je, fut
d'abord un peu éblouie du luxe
oriental rassemblé autour d'elle, et
dont elle n'avait aucune idée; mais
se remettant bientôt, elle répondit

aux complimens qu'on lui adressa de toutes parts, et aux questions qu'on lui fit, avec bien plus d'esprit qu'on ne l'aurait supposé, et avec une sensibilité qui lui donnait mille grâces. Elle s'énonçait en anglais très-intelligiblement, tout en ayant conservé la naïveté et l'énergie qui sont si remarquables chez les sauvages ; elle parla de son père, de sa nation et de ses regrets de la manière la plus intéressante et la plus touchante.

De son côté, Georges Bruce répondait avec clarté et précision aux questions des hommes sur la Nouvelle Galle et la Nouvelle Zélande. On lui eut bientôt procuré les moyens de ramener à Tippahée sa fille bien-aimée : on les a transportés sur un bâtiment qui allait du côté méri-

dional , et qui a promis de les
déposer sur une des côtes de la
Nouvelle Zélande; on espère qu'ils
y arriveront heureusement, mais on
n'en a pas de nouvelles ultérieures.

Quant à l'indigne capitaine Dalrymple , il erre encore sur les mers ,
et peut-être y trouva-t-il la punition
de sa déloyauté , mais il est déjà
jugé par l'opinion publique. Partout
comme aux Indes , l'injustice , la
trahison, la cruauté sont en horreur;
et la politique doit le trouver plus
coupable encore si la malheureuse
Aékotoé périssait dans une tempête ,
et n'était pas rendue à son père et à
son pays ; toutes ces nations bar-
bares seraient à jamais les ennemies
de l'Angleterre , et peut-être ont-
elles déjà rendu responsables , du

crime d'un seul individu, quelques
navigateurs infortunés.

———

Calcutta, juin 1810.

Nous sommes enfin rassurés sur
le sort de l'intéressante victime de la
plus lâche trahison, la princesse
Aékotoé et Geórges Bruce son époux.
Le même vaisseau qui les a trans-
porté sur les côtes de la nouvelle
Zélande, est revenu; il a apporté à
Lady Hayes, l'épouse du commodore
chez qui ils ont logés pendant leur
séjour à Calcutta, quelques présens
de la reconnaissante Aékotoé; ils con-
sistent en plusieurs pièces de tissu, tels
que celui qu'elle portait et dont on admirait le travail et la souplesse, elle

est telle qu'on peut s'en servir comme d'un schall ; il y a encore plusieurs colliers et ornemens de petits coquillages de diverses couleurs, très-agréablement mélangés , des coiffures de plumes nacarat de la plus grande beauté, plusieurs semences; et ce qui a fait le plus de plaisir à celle à qui ils étaient adressés, une lettre d'Aékotoé elle-même , écrite en couleur verte sur une étoffe blanche , semblable à celle qu'on fabrique à Otahiti, et qui ressemble à du papier; cette lettre écrite en assez bon anglais contenait ce qui suit,

L'heureuse et reconnaissante
Aékotoé à l'amie de Calcutta,

» Que la paix repose sur ta belle
» et grande cabane, et qu'elle habite
» dans ton cœur ; puissent tes jours
» être sans trouble et tes nuits sans
» réveil ; puisses-tu être heureuse
» toi et l'ami de ton ame, comme
» Aékotoé et son ami. Ils sont passés
» les jours de peine, car Aékotoé a
» retrouvé son père et son pays, le
» bon Tippahée n'est pas encore allé
» dans le pays des ames, et celle de
» notre ennemi roule avec les tem-
» pêtes dans les régions sombres sans
» trouver un moment de repos, car
» le repos fuit l'ame du méchant. Tu

» es bonne , toi, amie de Calcutta ;
» tu as reçu la pauvre Aékotoé lors-
» qu'elle succombait sous le poids
» de la douleur ; tu lui as dit : con-
» sole-toi , Aékotoé, car tu retrou-
» veras ton père, et tu reverras ton
» pays ; tu l'as dit , et le grand es-
» prit t'a écoutée : j'ai retrouvé mon
» père , le bon Tippahée , et j'ai
» revu le lieu où ma mère m'a mise
» au monde. Sais-tu ce que j'ai fait,
» amie de Calcutta ! j'ai dit à Georges,
» Georges, conduit ma main , ap-
» prends-lui à parler comme ma
» langue , pour que mes paroles
» fixées sur un tissu puissent aller
» au-delà des mers parler mes pen-
» sées aux amis de Calcutta , et leur
» dire le bonheur d'Aékotoé. Georges
» a fait ce que je désirais, il a con-

» duit ma main sans se lasser, et
» voilà que je puis à présent fixer
» mes paroles et mes pensées , et
» les envoyer jusqu'à toi ; mais
» Aékotoé trace encore bien mal et
» bien lentement ses pensées. Sept
» fois le soleil s'est levé depuis que
» j'ai commencé à fixer mes paroles
» avec du jus d'herbe et une plume
» du bel oiseau, que je t'envoie
» pour orner ta tête ; je t'envoie
» aussi des graines des fleurs qui
» croissent autour de nous : sème
» les autour de toi , et quand tu
» les verras fleurir du diras , l'amie
» Aékotoé les voit aussi.

» J'ai encore bien des pensées et
» des paroles pour toi, mais Georges
» veut écrire aussi à ton ami , il lui
» dira notre retour, notre bonheur,

» notre vengeance ; moi je te dis
» mon amitié. »

En effet une lettre de Georges
Bruce au Commodore, était jointe
au paquet et sur le même tissu, et
voici ce qu'il lui mandait.

Nouvelle-Zélande, octobre 1810.

« Nous les avons retrouvées nos
» îles chéries, c'est à vous que nous
» le devons, soyez béni, et jouissez
» du bonheur d'un couple qui vous
» aime. Voici en peu de mots les
» détails de notre retour; j'ai perdu
» l'habitude d'écrire, et le maître
» d'Aékotoé n'en sait pas beaucoup
» plus qu'elle.

» Il y a quinze jours qu'après
» une heureuse navigation nous
» aperçumes les côtes de la Nouvelle
» Zélande ; Aékotoé les reconnut
» d'abord, elle jeta des cris de joie,
» et puis tout-à-coup elle poussa des
» cris de douleur, et se jeta la face
» contre terre : Je vois mon pays,
» disait-elle, mais je ne vois pas
» encore mon père; et si je n'ai plus
» de père, s'il s'est en allé dans le
» pays des ames maudissant Aékotoé,
» que lui sert-il d'avoir revu les
» côtes de sa patrie. Je lui donnai
» de l'espoir, et je ranimai son
» cœur. On nous débarqua sur la
» côte ; le vaisseau allait à Port
» Jackson; je fis promettre au ca-
» pitaine qu'en revenant il s'arrê-
» terait aux îles de Tippahée, pour

» y faire alliance avec nous ; il me
» toucha dans la main , et tu vois
» qu'il a tenu sa parole.

« Nous nous mîmes en marche
» pour arriver aux huttes de son
» père ; le soleil nous dirigea, et
» bientôt aussi nous reconnûmes la
» contrée que nous avions si souvent
» parcourue : nous approchions des
» cabanes rangées en demi - cercle
» autour de celle de Tippahée ; le
» cœur battait si fort à monAékotoé,
» qu'elle ne pouvait plus marcher :
» je la posai sur une de mes épaules,
» et je sentais son tremblement. —
» Mon pere, ô mon père ! répétait-
» elle sans cesse. Enfin nous appro-
» châmes et nous vîmes alors dis-
» tinctement un grand feu allumé
» au milieu du cercle, et nous en-

» tendîmes le cri bien connu de la
» victoire et des vengeances. Nos
» frères ont livré un combat, me dit
» Aékotoé, mais ils ont été vain-
» queurs; hâte tes pas, Georges,
» allons partager leur joie; je hâtai
» mes pas, et bientôt nous fûmes à
» l'entrée des cabanes : Aékotoé
» voulait crier *nous voici*, mais à
» peine put-elle prononcer le nom
» de Tippahée, elle resta sans con-
» naissance sur mon épaule. Déjà
» nous avions été vus, et nous fûmes
» entourés avec des cris de joie,
» qui retentirent dans toute l'île :
» Georges, Aékotoé ! répétait-on
» de tous côtés. Je m'étais assis par
» terre, ne pouvant plus soutenir le
» poids de mon cher fardeau. Qu'as-
» tu fait de ma fille ? me cria un

» voix que j'eus bientôt reconnue ;
» Aékotoé ne vit plus, mais tu me
» rapporte ses os, et je te bénis,
» car tu n'as pas abandonné ma fille.
» Elle vit , m'écriai-je , venez tous
» m'aider à la ranimer. Les femmes
» s'approchèrent, on lui soufla dans
» le nez, dans les oreilles, on brûla
» de la gomme odorante ; elle la
» respira et reprit ses sens sur les
» genoux de son vieux père : les
» cris de joie redoublèrent , et
» Aékotoé put y joindre les siens.
» Après quelques momens elle com-
» mença notre histoire , mais au
» nom de Dalrymple de nouveaux
» cris s'élevèrent. Un sauvage courut
» à un poteau, rapporta un panier
» de cendres, et les jetant au vent,
» voilà les cendres de ton ennemi,

» cria-t-il, que ton ame se console ;
» Aékotoé, car tu as été vengée. Ils
» nous racontèrent alors, que Dal-
» rymple avait eu l'audace de revenir
» lui-même dans l'île , qu'il avait
» raconté à Tippahée que j'avais
» vendu sa fille comme esclave ; que
» l'ayant appris, il l'avait rachetée
» pour la lui ramener, mais qu'elle
» avait souffert de si mauvais traite-
» mens , qu'elle était morte sur le
» vaisseau, et qu'il avait été obligé
» de la jeter à la mer : il rapportait
» pour preuves plusieurs de ses or-
» nemens qui lui étaient restés, et
» il disait qu'il avait été chargé de
» les remettre à son père Tippahée,
» en lui demandant son amitié pour
» son libérateur. Tippahée se dé-
» chira le visage et se roula par terre

» quand il entendit que son Aékotoé
» n'existait plus ; il fit le serment de
» la venger sur la nation du traître
» qui l'avait trahie , tous les anglais
» qui aborderont ici périront, s'é-
» cria-t-il, toi seul excepté que je
» comblerai de biens puisque tu as
» racheté Aékotoé ; mais tout ton
» équipage périra , puisqu'ils sont
» compatriotes de l'indigne Georges,
» qui avait fumé ma pipe , porté ma
» massue, à qui j'ai donné ma fille ,
» et qu'il me l'enlève. Périsse lui-
» même et toute sa tribu ! En vain
» Dalrympe voulut lui faire sentir
» l'injustice de cet arrêt, en vain
» réclama-t-il au moins pour son
» équipage protection et sûreté, il
» ne fut pas écouté; tous ceux qui
» étaient venus à terre avec lui,

» furent entourés ; la plupart avaient
» des armes et voulurent se défendre.
» Il y eut un affreux combat, mais
» les sauvages étaient les plus forts
» en nombre, ils l'emportèrent, et
» tous les anglais furent faits pri-
» sonniers et réservés au supplice
» des vengeances. Dès les com-
» mencemens du combat Tippahée
» avait fait conduire Dalrymple dans
» sa cabane pour qu'il en fut à l'abri
» car la reconnoissance est pour
» les sauvages un devoir aussi sacré
» que la vengeance : je t'adopterai
» au lieu de l'indigne Georges, lui
» disait Tippahée, et tu régneras sur
» mon peuple si tu veux rester avec
» moi; si non remonte dans ton
» grand canot et pars avec les gens
» qui y sont restés; en faveur de

» toi je n'immolerai aux manes de
» ma fille que ceux que nous avons
» vaincus : mais que ta nation évite
» ces parages, tous ceux qui vien-
» dront payeront le crime et la tra-
» hison de Georges. Dalrymple forcé
» de laisser ses gens allait partir, mais
» un cri général de trahison et de
» vengeance se fit entendre! les pri-
» sonniers indignés contre leur ca-
» pitaine avaient parlé et dévoilé son
» crime. Tous les chefs entourèrent
» Tippahée en demandant que Dal-
» rymple leur fut livré, et qu'on
» lui fit avouer son crime et son
» mensonge. La crainte des tour-
» mens l'obtint bientôt, et tous ses
» gens déposèrent contre lui avec
» tant de circonstances, qu'il fut
» entièrement convaincu. J'avais ap-

» pris assez bien l'anglais à Tip-
» pahée, et à quelques autres, pour
» qu'ils pussent l'entendre : je de-
» vrais, dit Tippahée, haïr éga-
» lement la nation qui a produit ce
» monstre, mais en faveur de l'ami
» Georges, je vous pardonne, et
» lui seul payera pour tous. Partez,
» et si vous avez pitié de ma dou-
» leur, si vous rencontrez mes en-
» fans, ramenez-les à leur père :
» mais Georges vit, dites-vous, il
» retrouvera son Aékotoé, car tout
» son cœur est à elle, et ils revien-
» dront à leur père et à leur pays.
» Et ils sont revenus les gardiens
» de ma vieillesse, les biens aimés
» de Tippahée : sois béni mon fils
» qui m'a ramené Aékotoé. Aujour-
» d'hui même l'infâme Dalrymple a

» cessé de vivre, et ses cendres se-
» ront dispersées au vent. Ne fronce
» pas ton sourcil, ami Georges, je
» n'ai pas oublié que je t'ai juré sur
» l'ame de mes pères de ne plus brû-
» ler un ennemi vivant ; le ravisseur
» de ma fille est mort de ma main
» sans vives douleurs, son ame s'est
» envolée au séjour des tempêtes et
» roule dans les noirs nuages, et
» son corps attaché au poteau des
» vengeances a été consumé et ses
» cendres seront jetées au vent.

» Ainsi parla Tippahée. Je ne vous
» redis pas les réjouissances et les
» fêtes qui ont suivi notre retour ; elles
» vont redoubler, car mon Aékotoé
» m'a rendu père ; un fils nous suc-
» cédera, il sera aussi l'ami des an-
» glais ».

Le reste de la lettre contenait un projet d'alliance entre les deux nations et de nouvelles assurances d'amitié. Toute la ville s'est réjouie de savoir l'intéressante Aëkotoé rendue au bonheur et son persécuteur puni.

FIN DU PREMIER VOLUME.

TABLE

Des Nouvelles contenues dans le premier volume.

PREMIÈRE NOUVELLE. *Le serin de Jean-Jacques Rousseau*,
page 1

DEUXIÈME NOUVELLE. *Le Retour de Maurice dans le pays natal*, 55

TROISIÈME NOUVELLE. *Christian Woldan; second retour dans le pays natal*, 99

QUATRIÈME NOUVELLE. *Le Monastère de Saint Joseph*, 133

CINQUIÈME NOUVELLE. *Anecdote récente extraite d'une lettre de Calcutta, dans le Bengalè*, 203